KB262753

어서 오세요 실력지상주의 교실에 2학년 편 공식 가이드북 Second List

어서 오세요 실력지상주의 교실에
2학년 편 공식 가이드북
Second List

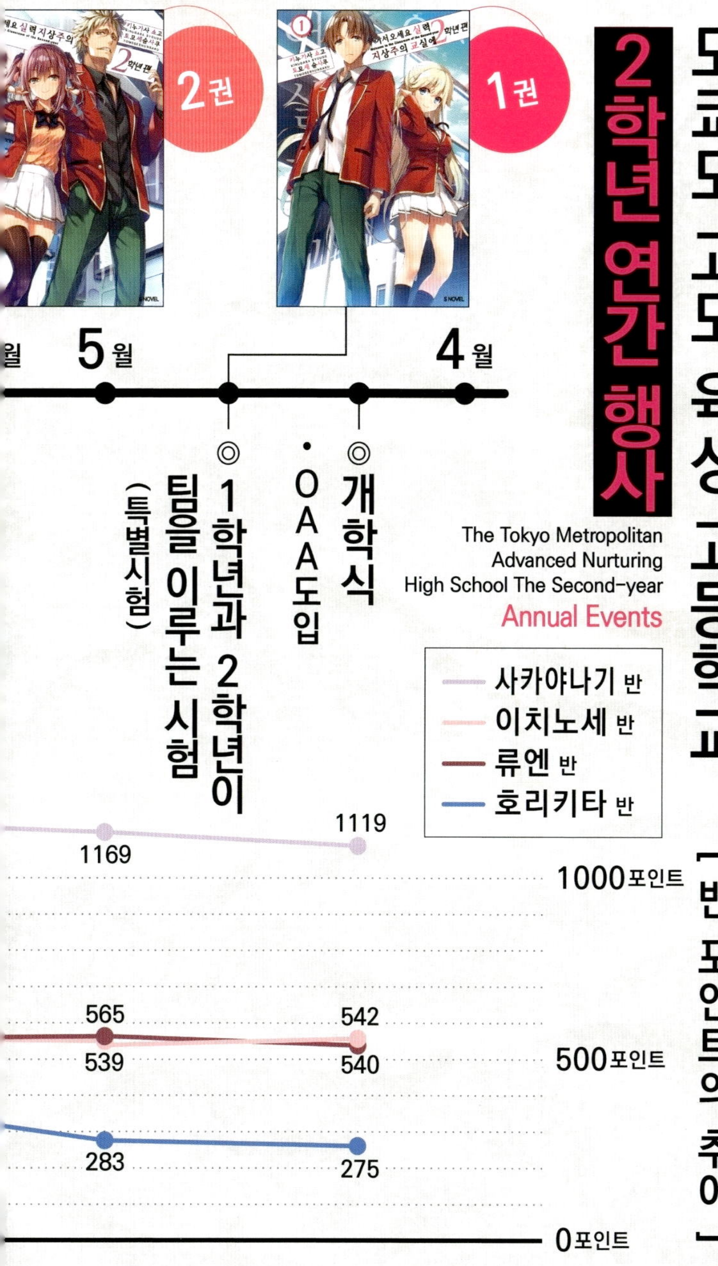
도쿄도 고도 육성 고등학교
2학년 연간 행사
The Tokyo Metropolitan Advanced Nurturing High School The Second-year
Annual Events
[반 포인트의 추이]
2권
1권
5월
4월
◎ 개학식
· OAA도입
◎ 1학년과 2학년이 팀을 이루는 시험
(특별시험)
사카야나기 반
이치노세 반
류엔 반
호리키타 반
1169
1119
565
542
539
540
283
275
1000포인트
500포인트
0포인트

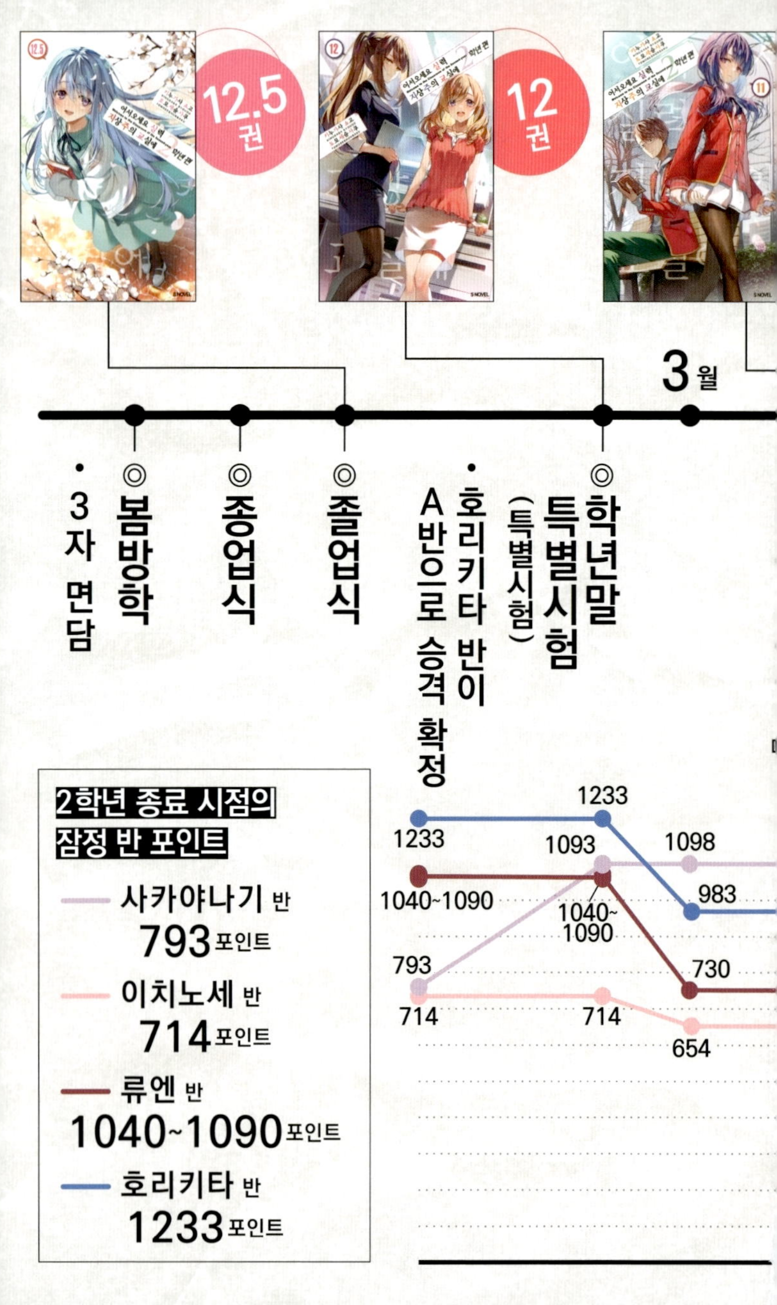

12.5권
12권
3월
· 3자 면담
◎ 봄방학
◎ 종업식
◎ 졸업식
· 호리키타 반이 A반으로 승격 확정
◎ (특별시험) 학년말 특별시험
2학년 종료 시점의 잠정 반 포인트
사카야나기 반
793 포인트
이치노세 반
714 포인트
류엔 반
1040~1090 포인트
호리키타 반
1233 포인트
1233
1233
1093
1098
1040~1090
1040~1090
983
793
730
714
714
654

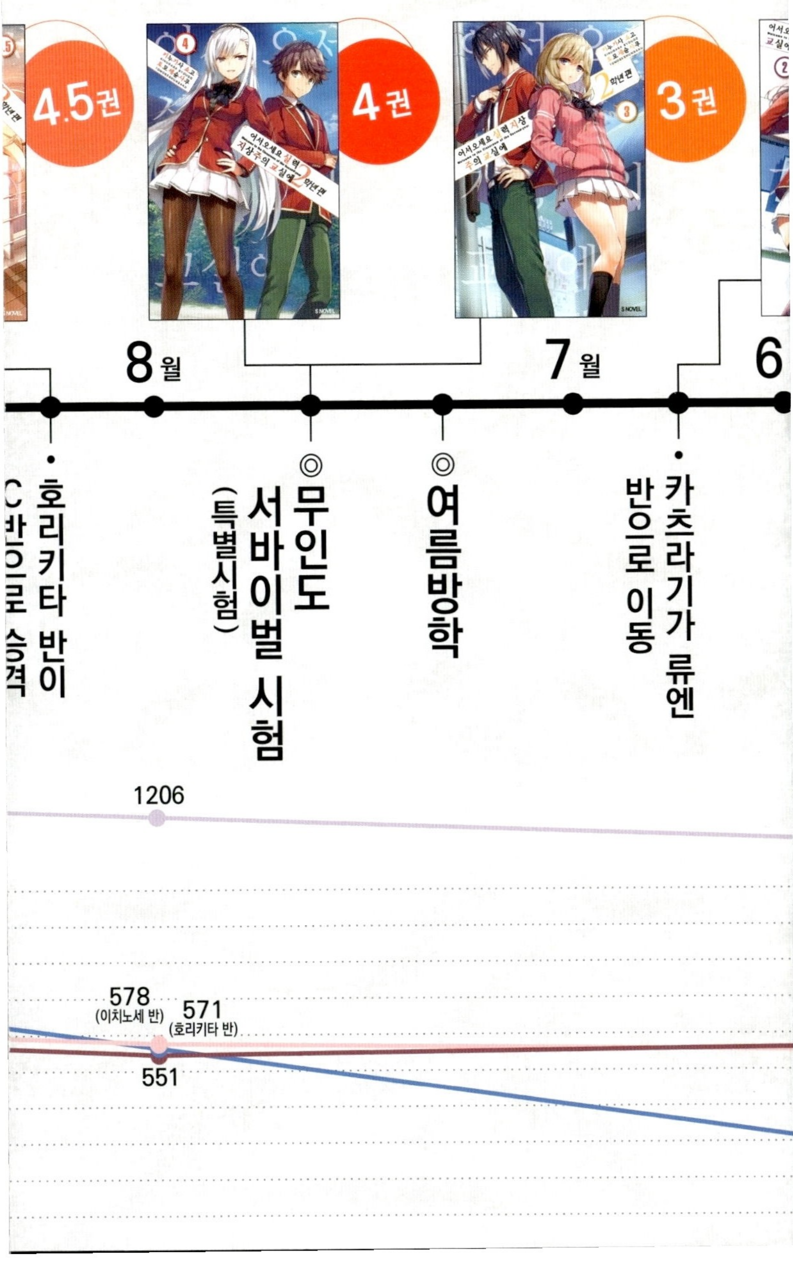

4.5권
4권
3권
8월
7월
6
호리키타 반이 C반으로 승격
무인도
서바이벌 시험 (특별시험)
여름방학
카츠라기가 류엔 반으로 이동
1206
578 (이치노세 반)
571 (호리키타 반)
551

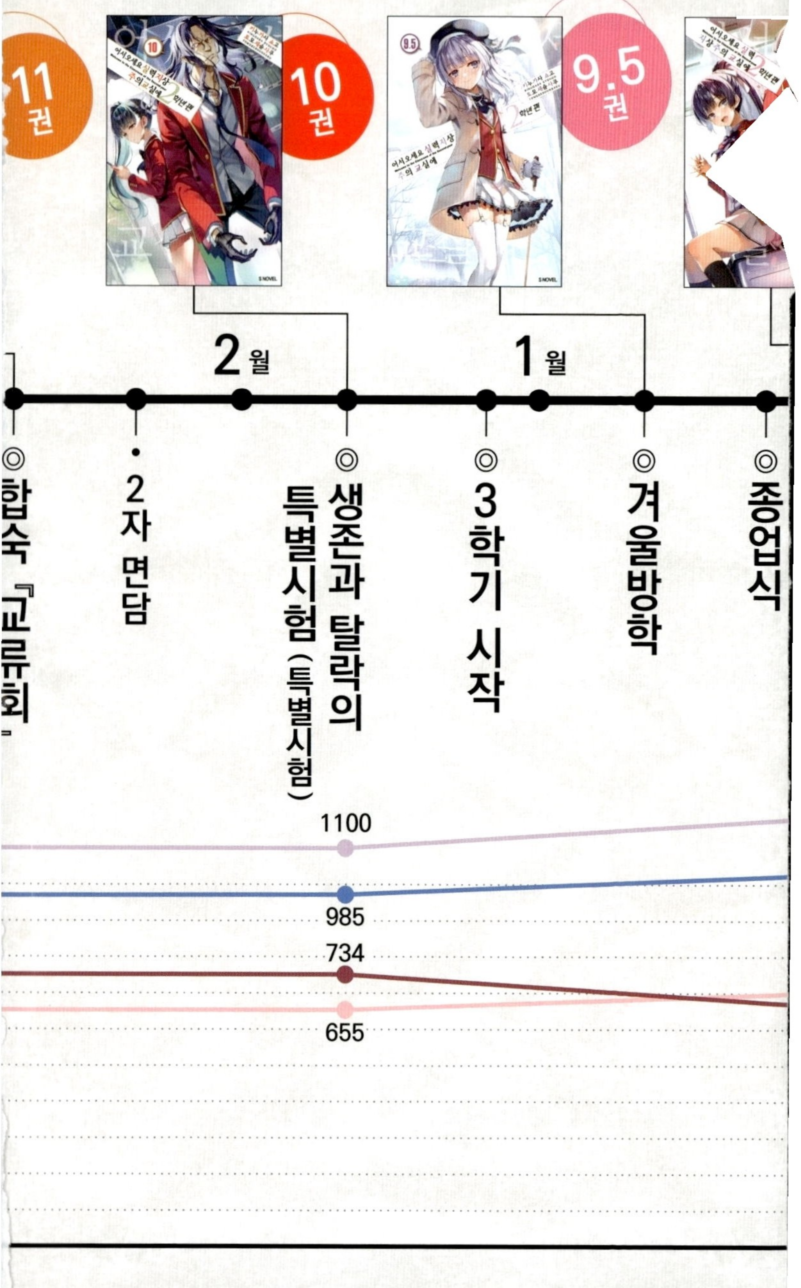

11권
10권
9.5권
2월
1월
합숙 『교류회』
2자 면담
생존과 탈락의 특별시험 (특별시험)
3학기 시작
겨울방학
종업식
1100
985
734
655

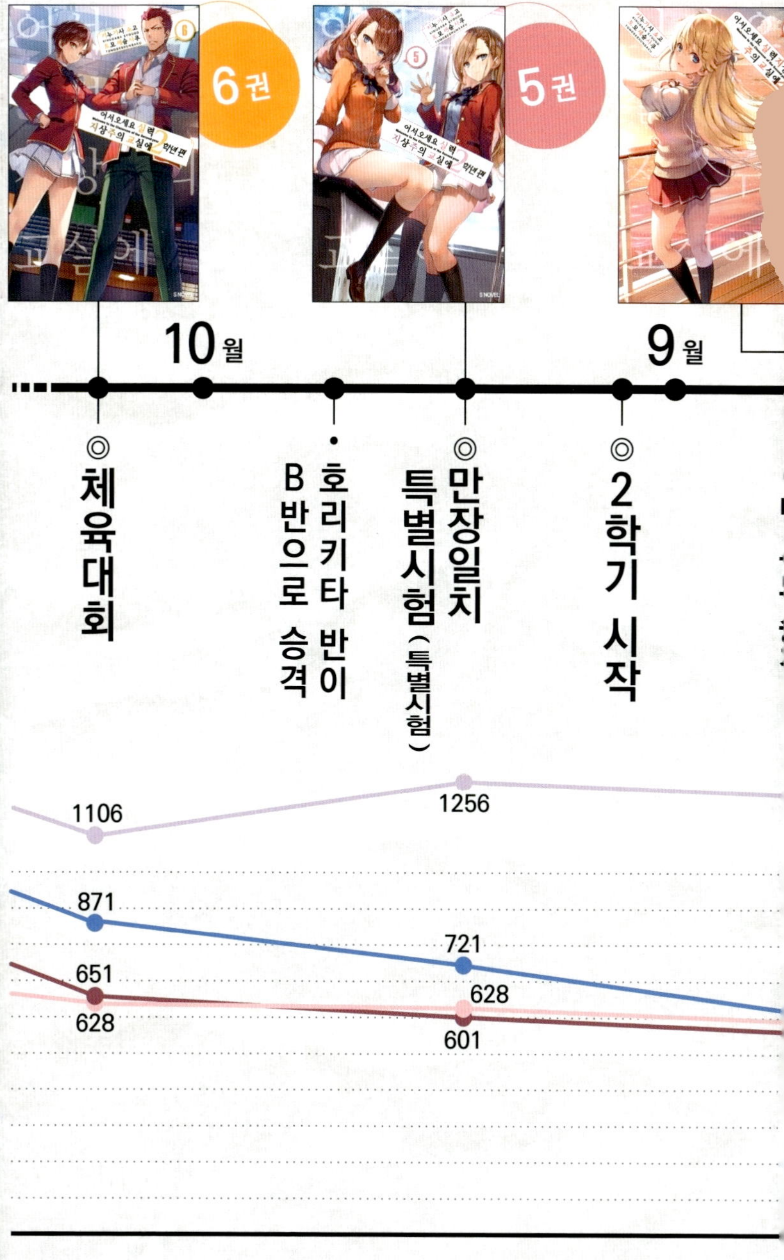
6권
5권
10월
9월
◎ 체육대회
· 호리키타 반이 B반으로 승격
◎ 만장일치 특별시험 (특별시험)
◎ 2학기 시작
1106
1256
871
721
651
628
628
601

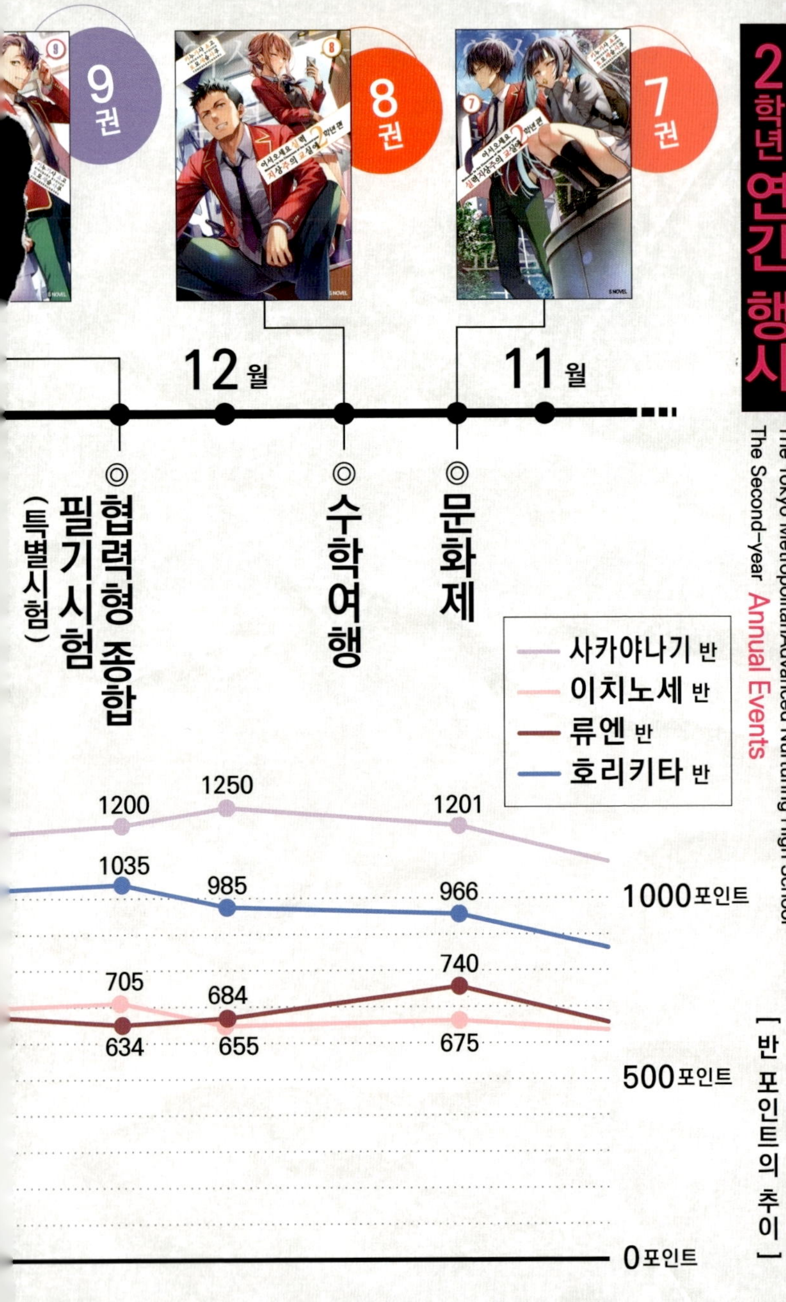

2학년 연간 행사
The Tokyo MetropolitanAdvanced Nurturing High School
The Second-year Annual Events
9권
8권
7권
12월
11월
◎ 협력형 종합 필기시험 (특별시험)
◎ 수학여행
◎ 문화제
사카야나기 반
이치노세 반
류엔 반
호리키타 반
1200
1250
1201
1035
985
966
1000 포인트
705
684
740
634
655
675
500 포인트
[반 포인트의 추이]
0 포인트

어서 오세요 실력지상주의 교실에 2학년 편 공식 가이드북 Second List

키누가사 쇼고 원작 / 토모세슌사쿠 일러스트 / 조민정 옮김

소미미디어

어서 오세요 실력지상주의 교실에
2학년 편 공식 가이드북

Second List

CONTENTS

Welcome to the Classroom of the Second-year

Official Guidebook Second List

도쿄도 고도 육성 고등학교
인물 소개
2학년 편

네 반이 A반을 두고 경쟁하는 실력지상주의인
고도 육성 고등학교. 2학년이 된 아야노코지와 친구들
그리고 3학년과 새로 입학한 1학년들의 인물상에 다가간다.

학교의 변화

School Guide

운영 체제

츠키시로 이사장 대행은 외부인을 학교에 초청하는 문화제 개최 등 학교 개혁을 추진한다. 또 새로운 1학년에 화이트 룸생을 섞었다. 그 목적은 아야노코지의 퇴학. 천재를 만들어내기 위한 화이트 룸에서 교육받은 그들이 어떤 영향을 미칠지 주목된다.

신규 설비

아야노코지와 아이들이 1학년이었을 때는 칠판을 썼는데 모니터로 바뀌고, 교과서도 태블릿으로 교체되었다. 태블릿에는 휴대용 보조 배터리가 또 따로 마련되어 있고 교실 뒤편에 고속 충전기도 설치되어 있다. 학교는 늘 최신 교육을 제공하기 위하여 설비도 정기적으로 새로 갖춘다.

OAA ⟨over all ability⟩

학교 홈페이지를 통해 설치할 수 있는 애플리케이션의 명칭. 모든 학년의 개인 데이터가 들어 있는데, 누구든지 다른 학생의 능력을 수치로 파악할 수 있다.

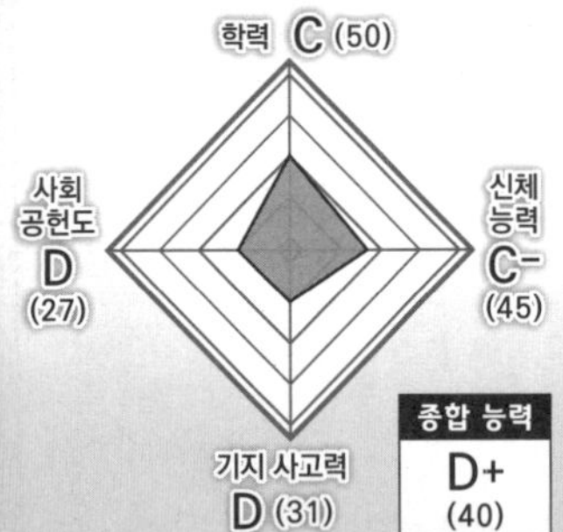

학력 주로 필기시험 점수에서 산출

신체 능력 체육 수업 때의 평가와 동아리 활동에서의 활약, 특별시험 등의 평가로 산출

기지 사고력 친구가 얼마나 많은지, 소통 능력, 임기응변 능력 등 사회 적응력을 파악하기 위해 산출

사회 공헌도 수업 태도, 문제행동의 유무, 학교에 대한 공헌 등 다양한 요소를 통해 산출

종합 능력 위의 네 가지 수치를 통해 산출
※종합 능력의 구체적 산출법
(학력 + 신체 능력 + 기지 사고력 + 사회 공헌도 × 0.5) ÷ 350 × 100으로 산출(사사오입)

Classroom of Horikita

호리키타 반

반 등급

4월　D반
8월　C반으로 승격
10월　B반으로 승격
3월　A반으로 승격 확정

아야노코지 키요타카
Kiyotaka Ayanokoji

학적 번호
S01T004651

반
호리키타 반

동아리
무소속

생일
10월 20일

1학년 때는 호리키타를 방패막이로 세우고 뒤에서 반을 뒷받침했지만, 츠키시로 이사장 대행의 선전포고 이후 퇴학을 피하기 위해 공개적인 곳에서도 실력을 발휘하게 된다. 최종적으로 자신이 이기면 된다는 생각으로, 주변 사람을 이용하는 것도 서슴지 않는다.

난 앞으로
실력을 아낄 생각은 없어

OAA 평가 〈 over all ability 〉

입학시험에서는 전 과목 점수를 의도적으로 50점에 맞췄기 때문에 학교 측에서는 「평균을 살짝 밑도는 수준」으로 보았고, 신체 능력도 평가가 높지 않다. 사람이 평생에 걸쳐 쌓을 수 있는 지식량을 갖추고 있지만, 일반 고등학생이 아는 지식에는 약하다.

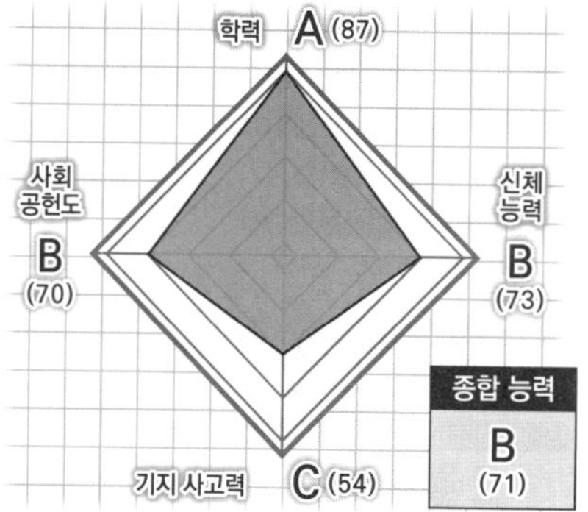

호리키타 반

학생 조사서 ──── 〈 student file 〉

1학년 때와는 다른
반 내의 입지

1학년 때는 반에서 존재감이 없었지만, 특별시험을 거치며 주위의 주목을 받는다. 카루이자와와 사귀게 되고, 만장일치 특별시험이 끝난 후에는 아야노코지 그룹이 깨지는 등 반 내 인간관계에도 큰 변화가 생긴다.

수면 아래에서 진행되는
아야노코지 포위망과 다른 반에 대한 관여

아버지가 보낸 화이트 룸생도 아야노코지의 퇴학을 노리지만, 개의치 않고 일축한다. 츠키시로가 떠난 후에는 모든 반에 A반의 가능성을 남겨둔 채 3학년으로 올라가는 것을 목표로 삼고 다른 반에도 몰래 개입한다.

호리키타 스즈네

Suzune Horikita

학적 번호
S01T004752

반
호리키타 반

동아리
무소속

생일
2월 15일

오빠의 영향에서 벗어나고 오빠에게 의존했던 과거의 자신과 결별한다. 옛날에는 남을 깔보는 오만한 면이 있었지만 반을 이끄는 리더로서 점점 크게 성장하고 있다. 퇴학자 없이 A반으로 졸업한다는 방침을 바탕으로 반의 전략을 고민한다.

우물쭈물 고민하는 건 나답지 않아

난—— 나답게 할 거야

OAA 평가 〈over all ability〉

4월 시점

2학기 기말고사에서 유키무라와 공동 1위로 학력이 높다. 무인도 서바이벌 시험 때 마지막 날까지 홀로 이겨낼 만큼 신체 능력도 높고 무술에도 소양이 있다. 다만 소통 능력은 낮고 여전히 친구가 별로 없어서 기지 사고력 평가는 낮다.

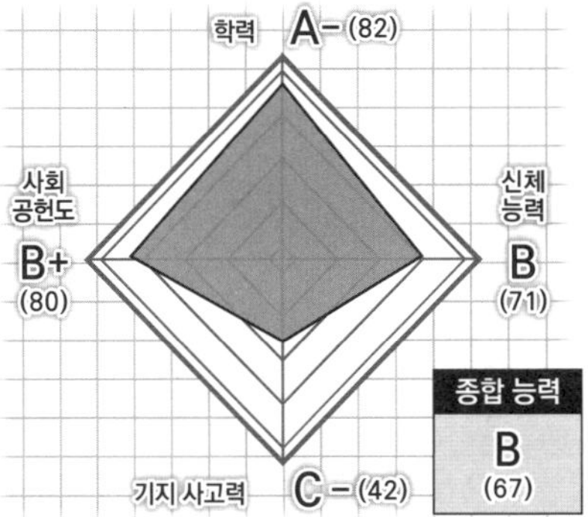

학생 조사서 〈 student file 〉

리더로 성장하여
반이 크게 도약하게 하다

1학년 때 반 내부 투표 이후로 명실공히 리더로서 반을 견인한다. 만장일치 특별시험 때는 쿠시다의 처우를 둘러싸고 일부 학생의 반발을 사기도 했지만, 대화를 통해 반의 불화를 해결. 마침내 A반 승격까지 이끌었다.

일반적인 우정과는 다른
이부키, 쿠시다와의 관계성

다른 사람에게서 일방적으로 강한 감정을 잘 받는 편으로, 이부키는 자신을 라이벌로 본다. 자신을 적대해서 퇴학시키려고 하는 쿠시다와도 끈질기게 소통을 이어가면서 이부키, 쿠시다와의 사이에 이상한 연대감이 싹튼다.

카루이자와 케이

Kei Karuizawa

학적 번호
S01T004718

반
호리키타 반

동아리
무소속

생일
3월 8일

학교폭력을 당했던 과거를 알게 된 아야노코지의 협박으로 도움을 주다가 점점 신뢰 관계가 형성되었고 1학년 봄방학 때 아야노코지에게 고백을 받아 사귀게 된다. 기가 세고 반에서 발언력이 높은 편이지만, 한편으로는 의존성이 강해서 기생할 『숙주』를 필요로 한다.

OAA 평가 〈over all ability〉

원래 기초 학력이 낮았지만, 아야노코지가 공부를 봐 주게 되면서 9월 초에는 C까지 올라갔다. 자기중심적인 태도 때문에 사회 공헌도는 낮으나 호리키타 반의 여학생들을 결속시키는 리더 같은 존재여서 기지 사고력은 높은 평가를 받고 있다.

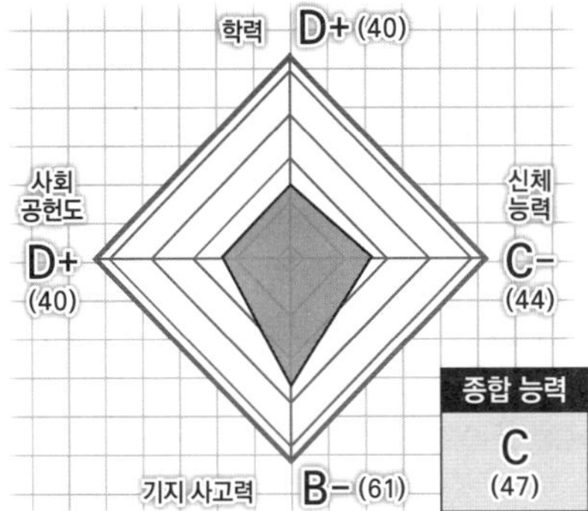

학생 조사서 〈 student file 〉

진심으로 맞부딪친
사토와의 우정

여름방학이 끝나고 아야노코지와 사귄다고 공개했음에도 반에서 여학생 서열 최상위를 유지한다. 사토가 아야노코지와의 관계를 따지면서 사이가 나빠지지만, 화해한 이후부터는 서로 허물없이 이름을 부를 정도로 절친이 된다.

아야노코지와의 연애에서
의존 체질을 발휘

아야노코지와 데이트하러 나가서, 그가 잘 모르는 세상 물정을 접하게 한다. 같이 보내는 시간이 늘어남에 따라 의존성이 점점 더 커지고, 집착과 질투심도 강해진다. 하지만 아야노코지는 카루이자와를 『연애 교과서』로밖에 보지 않는다.

쿠시다 키쿄

Kikyo Kushida

학 적 번 호
S01T004721

반
호리키타 반

동 아 리
무소속

생 일
1월 23일

남녀와 학년을 불문하고 인기 많은 학생이지만, 모두에게 친절한 이유는 자기 인정 욕구를 채우기 위함이다. 자기가 일등이 아니면 성에 차지 않는 성격이다. 자신의 과거를 알아버린 호리키타, 진짜 얼굴을 알아버린 아야노코지를 퇴학시키려고 일을 꾸민다.

OAA 평가 〈over all ability〉

4월 시점

학력과 신체 능력은 평균 이상의 평가를 받지만 그렇다고 월등히 뛰어난 실력은 아니다. 교우관계의 범위가 넓어 사회 공헌도에서 높은 평가를 받고 있다. 생존과 탈락의 특별시험에서 호리키타가 상대 지목을 망설였을 때는 다른 반의 정보를 많이 가지고 있었기에 적절한 조언을 해 주었다.

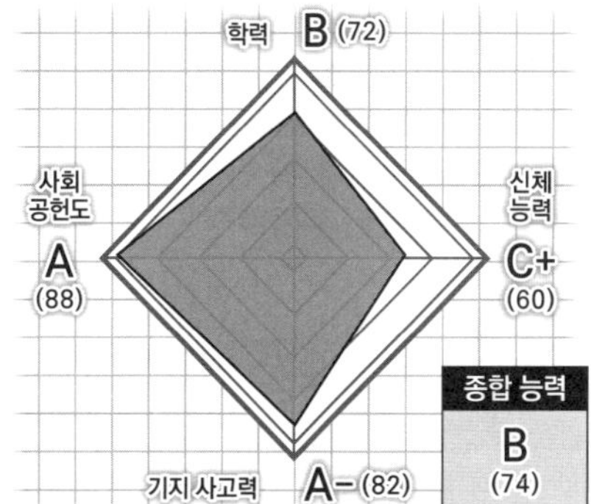

호리키타 반

학생 조사서 〈 student file 〉

만장일치 특별시험으로
무너진 신뢰

만장일치 특별시험에서 호리키타와 아야노코지를 퇴학시키려고 꾀하지만, 아야노코지에 의해 진짜 얼굴을 폭로당하고 만다. 호리키타 덕분에 비록 퇴학은 면하나 그때까지 쌓아온 신뢰를 잃게 되면서 특별시험이 끝난 후 학교에 나오지 않는다.

지금까지와는 다른 형태로
반에 공헌

등교 거부를 끝내고 복귀한 후, 그 전보다 본성을 숨기지 않게 된다. 대외적으로는 만장일치 특별시험 사건을 비밀에 부쳤기 때문에 다른 반까지 뻗어 있는 넓은 교우관계라는 장점을 살려서, 어디까지나 『자기 자신을 위해』 반에 공헌하게 된다.

코엔지 로쿠스케

Rokusuke Kouenji

학적 번호
S01T004668

반
호리키타 반

동아리
무소속

생일
4월 3일

코엔지 콘체른의 도련님으로 성격이 천상천하 유아독존이다. 미래가 보장된 만큼 A반 졸업에 큰 미련이 없고 자유분방하게 행동한다. 아야노코지의 실력을 알아차린 눈치라, 자신을 제어하려고 접촉해 오는 것을 성가시게 느끼는 듯하다.

나인가, 내가 아닌가
그것이 우열을 결정짓지

OAA 평가　〈over all ability〉

4월 시점

학력과 신체 능력은 평균 이상의 평가를 받고 있지만, 특별시험에 진지하게 임하지 않기 때문에 실력이 잘 반영된 평가라고 할 수 없다. 본인이 그럴 마음만 먹으면 무인도 서바이벌 시험에서 단독 1위를 차지할 만큼 높은 잠재력을 숨기고 있다.

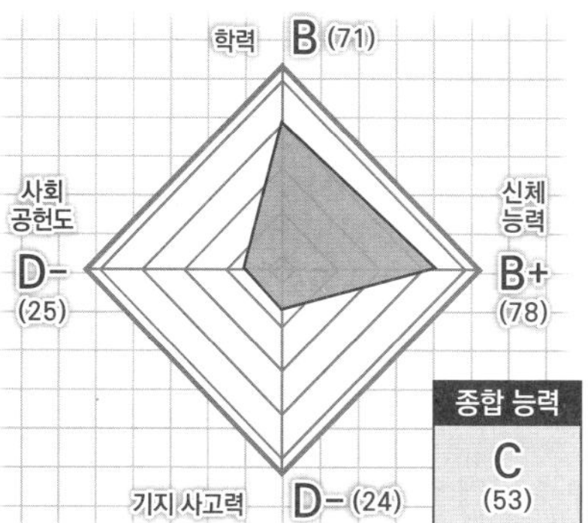

학 생 조 사 서　　　〈 student file 〉

자유로울 권리를
스스로 쟁취하다

　무인도 서바이벌 시험에서 1위를 차지하면 졸업 때까지 자유롭게 행동하는 것을 묵인해 주는 약속을 호리키타와 나눈다. 보란 듯이 1등을 차지해 많은 프라이빗 포인트와 프로텍트 포인트를 얻고, 졸업할 때까지 자유롭게 행동해도 된다는 보장을 받는다.

자유분방하게 보이지만
의리 있는 일면도

　등교를 거부하는 왕 메이유에게 먹을 것을 챙겨준 사람은 다름 아닌 코엔지였다. 예전에 왕의 도움을 받은 적이 있어서 보답해야 한다는 생각이 있다. 다만 왕은 자신이 과거에 코엔지에게 무슨 행동을 했는지 모르는 눈치여서, 그도 무슨 일인지 밝히지 않는다.

히라타 요스케
Yousuke Hirata

학적 번호
S01T004698

반
호리키타 반

동아리
축구부

생일
9월 1일

정의감이 강하고 학업도 우수하다. 만장일치 특별시험 때 퇴학자에 입후보할 정도로 이타적인 성격이다. 1학년 때 반 내부 투표에서는 자포자기한 적도 있으나, 여전히 남녀 불문하고 신뢰를 얻고 있다. 반을 통합하는 역할을 맡을 때가 많으며, 호리키타의 든든한 지원군이다.

왕 메이유
Wang MeiYu

학적 번호
S01T004792
반
호리키타 반
동아리
무소속
생일
8월 21일

중국에서 온 유학생. 주위에서는 「미짱」이라고 부른다. 어학에 능통하고 학력도 높지만, 소극적인 성격으로 만장일치 특별 시험 때 히라타를 좋아한다는 사실을 폭로당하면서 학교에 나오지 않게 된다. 복귀한 후에는 아야노코지에게 부탁해서 등교 거부 때 간식을 넣어주던 인물을 함께 찾기로 한다.

도움을 받은 답례는
반드시 해야 하니까요

스도 켄

Ken Sudou

학적 번호
S01T004672

반
호리키타 반

동아리
농구부

생일
10월 5일

호리키타와 함께 꾸준히 공부하면서 학력이 비약적으로 향상했고, 논리적인 사고와 자제심을 키웠다. 장래희망은 프로 농구선수이지만, 공부는 미래의 자신에 대한 투자라는 생각으로 진학도 시야에 넣고 있다. 체육대회에서는 남자 학년 1등을 차지했다. 수학여행 때 호리키타에게 고백했다.

내가 진짜 촌스러웠다는 걸

통감했다고나 할까

오노데라 카야노

Kayano Onodera

학적 번호

S01T004717

반

호리키타 반

동아리

수영부

생일

7월 1일

수영부로 신체 능력은 학년에서 여자 일등. 체육대회 때 스도와 한 팀이 되어 여학생 학년 1위를 차지했다. 동아리 활동에 진지한 스도를 예전부터 높이 평가했고, 체육대회 때 함께 할 기회가 늘어나면서 예전보다 친밀해지자 스도에게 호감을 느끼게 된다.

난 스도를 높이 평가하기 때문에

한 팀이 되고 싶은 거야

이케 칸지

Kanji Ike

학적 번호
S01T004654

반
호리키타 반

동아리
무소속

생일
6월 16일

촐랑이, 반의 분위기 메이커. 시노하라를 좋아하지만 마음을 솔직하게 전할 수 없었는데, 무인도 서바이벌 시험 때 시노하라를 위기에서 구하고 용기 내 고백해 사귀게 되었다. 캠핑 지식과 경험이 풍부해 무인도 시험 때 진가를 발휘했다.

시노하라 사츠키

Satsuki Shinohara

학적 번호
S01T004742

반
호리키타 반

동아리
요리부→배구부 (변경)

생일
6월 21일

이케와는 끊임없이 싸우는 사이였는데 언제부턴가 서로를 의식하게 된다. 무인도 시험 때 이케가 퇴학 위기에서 구해주고 고백하면서 연인 관계로 발전했다. 카루이자와, 사토, 마츠시타와 친하다. 만장일치 특별시험 후 그들의 사이가 조금 틀어지지만 이케의 도움도 있어서 화해한다.

이번 특별시험은 그 걸림돌이라는

부분을 살릴 기회 아닐까?

사쿠라 아이리

Airi Sakura

학적 번호
S01T004738

반
호리키타 반

동아리
무소속

생 일
10월 15일

중학교 때 그라비아 아이돌 「시즈쿠」로 활동. 스토커에게서 구해준 아야노코지를 좋아하게 된다. 아야노코지 그룹의 멤버로 하세베와 특히 친하다. 만장일치 특별시험 때 OAA 상의 낮은 평가를 이유로 아야노코지에게 퇴학자 지목을 당했는데, 스스로 투표를 호소해 퇴학을 선택한다.

하세베 하루카
Haruka Hasebe

학적 번호
S01T004747

반
호리키타 반

동아리
무소속

생일
11월 5일

아야노코지 그룹 멤버로, 무인도 서바이벌 시험에서 미야케와 사쿠라와 한 팀이 된다. 친구 사쿠라에게 보호 본능을 느낀다. 만장일치 특별시험 때 아야노코지가 사쿠라를 퇴학자로 지목하자 불같이 화낸다. 그리고 사쿠라를 퇴학시킨 반에 복수심을 품고 반에 타격을 안길 계획을 세운다.

아이리는 기본적으로 미덥지 않지만

그냥 내버려둘 수 없어

유키무라 테루히코

Teruhiko Yukimura

학적 번호
S01T004708

반
호리키타 반

동아리
무소속

생일
7월 11일

아야노코지 그룹 멤버. 친한 친구들은 「케세이」 라고 부른다. 운동은 잘 못 하지만, 학년 최고 수준의 학력으로 반에 공헌하려 고 생각한다. A반으로 졸 업하는 것을 중요하게 여 기고, 만장일치 특별시험 때 아야노코지에게 동조 하는 바람에 한때 하세베, 미야케와 소원해지지만 훗날 화해한다.

오랫동안 같은 그룹으로
지낸 만큼 아는 것도 있지

미야케 아키토

Akito Miyake

학적 번호
S01T004700

반
호리키타 반

동아리
궁도부

생일
11월 5일

아야노코지 그룹 멤버. 류엔, 호우센과 같은 지역 출신으로 중학교 때는 방황하던 시기도 있었다. 하세베에게 호감이 있고, 반에서 겉도는 그녀를 걱정한다. 만장일치 특별시험이 끝난 후에는 궁도부를 그만두고, 고립된 하세베의 옆에 있어 준다.

난 네가 퇴학당하는 것을
바라지 않아……

사토 마야

Maya Sato

카루이자와…… 아야노코지랑

혹시 사귀어?

카루이자와에게 아야노코지와의 사이를 캐물으며 분위기가 험악해진 적도 있지만, 화해하고 깊이 교류하면서 서로 격의 없이 이름을 부르는 절친이 되었다. 문화제 때는 메이드 카페를 제안해 반에 공헌했다.

◢ 학적 번호 S01T004739

◢ 반 호리키타 반

◢ 동아리 무소속

◢ 생일 2월 28일

마츠시타 치아키

Chiaki Matsushita

아야노코지가 품절될지도

모른다는 생각에 말이야

1학년 선발 종목 시험 때 아야노코지의 실력을 아주 조금 엿보고 A반을 목표로 함에 있어서 절대 빼놓을 수 없는 존재라고 인식한다. 문화제 때 메이드 카페에 많은 도움을 주지만 막상 당일에는 아파서 쉬었다.

◢ 학적 번호 S01T004778

◢ 반 호리키타 반

◢ 동아리 NO DATA

◢ 생일 4월 25일

소토무라 히데오
Hideo Sotomura

기계, 오타쿠 지식이 풍부해서 별명이 「박사」다. 문화제 때 메이드 카페에서 기획 감독을 맡은 아야노코지에게 복장, 폴라로이드 사진 등에 관하여 적절한 조언을 해준다.

학적 번호	S01T004686
반	호리키타 반
동아리	무소속
생일	1월 1일

마에조노 안
An Maezono

하지만 누가 봐도 이상하잖아

아야노코지라는 존재

하시모토와 사귀는 사이. 겨울방학 때 반의 주요 멤버를 모아 아야노코지의 위협에 관해 의논하는 자리를 만든다. 학년말 특별시험 때는 아야노코지가 대장이 된다는 정보를 하시모토에게 몰래 넘긴다.

학적 번호	NO DATA
반	호리키타 반
동아리	NO DATA
생일	NO DATA

[호리키타 반]
그 밖의 학생
Classroom of Horikita

Sana Azuma
아즈마 사나

문화제 때 쿠시다와 함께 복도에서 기다리는 손님들을 상대한다. 학년말 특별시험 때는 히라타 대 하마구치의 제1토론에 참가했다.

Kayoko Ishikura
이시쿠라 카요코

만장일치 특별시험에서 수학여행 희망지로 홋카이도에 투표했고, 홋카이도 팀의 중견으로서 오키나와 팀과 가위바위보 대결을 펼친다. 수학을 잘한다.

Wataru Ijuin
이쥬인 와타루

무인도 서바이벌 시험이 끝난 후 여객선에서 바다를 구경하며 점심을 먹었다. 학년말 특별시험 때는 호리키타 대 칸자키의 제1토론에 참가했다.

Ruri Ichihashi
이치하시 루리

문화제 전에 친구가 나구모 회장에게 전해달라고 한 러브레터를 아야노코지의 수작인 줄도 모르고 호리키타에게 건넨다.

Kokoro Inokashira
이노카시라 코코로

문화제 때는 전단지를 배포하는 역할을 맡았다. 바느질이 특기이고, 교류회 때는 코엔지를 데리고 돌아올 수 있는지 아야노코지에게 상담했다.

Kyosuke Okiya
오키야 쿄스케

무인도 서바이벌 시험이 끝난 후 여객선에서 이쥬인 무리와 같은 장소에서 점심을 먹었다. 수학여행 때는 사토와 같은 그룹이었다.

Onizuka
오니즈카

만장일치 특별시험 때 아야노코지의 앞자리에 앉았다.

Eita Kikuchi
키쿠치 에이타

생존과 탈락의 특별시험에서는 장르 「계산」에서 공격 측 지목자가 된다.

Chiyo Sonoda
소노다 치요

협력형 종합 필기시험 특별시험에 대비해 왕이 공부를 도와준다. 생존과 탈락의 특별시험에서는 「계산」 장르에서 프로텍트 대상자가 되었다.

니시무라 류코
Ryuko Nishimura

생존과 탈락의 특별시험에서 프로텍트에 성공했다. 교류회에서는 아야노코지와 함께 키류인이 리더인 그룹에 들어갔다.

혼도 료타로
Ryotaro Hondo

무인도 서바이벌 특별시험 때 스도와 이케와 같은 그룹이었다. 생존과 탈락의 특별시험에서는 전반전 종료 시점에 탈락한다.

마키타 스스무
Susumu Makita

학년말 특별시험에서 히라타 대 하마구치의 제1토론에 참가했다.

미나미 세츠야
Setsuya Minami

1학년과 짝을 이루어 치른 4월 특별시험에서 아야노코지가 만점을 받은 것에 부정행위를 의심했다.

미나미 하쿠오
Hakuo Minami

학년말 특별시험에서 히라타 대 하마구치의 제1토론에 참가했다.

미야모토 소시
Soshi Miyamoto

무인도 서바이벌 시험이 끝난 후 여객선에서 혼도와 함께 보물찾기 게임에 참가했다.

모리 네네
Nene Mori

무인도 서바이벌 특별시험이 끝난 후 여객선에서 카루이자와와 함께 보물찾기 게임에 참가했다. 만장일치 특별시험 때 자신이 시노하라를 험담했다고 쿠시다가 폭로했다.

리놋치

1학년 선상 시험 때 카루이자와와의 전화 상대.

〈 Classroom of Horikita 〉

반 리더 호리키타 스즈네

2학년 종료 시점의 잠정 반 포인트 1,233 포인트

1년 총괄

특별시험에서는 총 두 명의 퇴학자가 나왔지만, 1년 동안 1,000 포인트 가까이 획득했고 A반까지 승격을 이루었다. 호리키타의 리더로서의 성장이 눈부시다.

특별시험의 대응

특별시험에서 반 포인트를 잃은 것은 생존과 탈락의 특별시험뿐. 새 학년으로 올라가 대략 반년간 600 반 포인트를 획득하여 상위와의 차이를 단숨에 좁혔다.

반의 강점

운동 능력이 뛰어난 스도와 오노데라, 학력이 높은 유키무라와 호리키타 등 두드러지게 뛰어난 점이 있는 학생이 많다. 사쿠라의 퇴학 후 다음 퇴학 후보가 되지 않으려고 절차탁마하기 시작한 것도 유리한 점이다.

앞으로 남은 과제

아야노코지의 반 이동 후에도 A반을 계속 유지하려면 코엔지가 실력을 발휘하는 것이 중요할 가능성이 크다. 또한 호리키타의 학생회장으로서의 동향도 주목했으면 한다.

Classroom of Ryuen

류엔 반

반 등급

4월 C반	1월 D반으로 강등
5월 B반으로 승격	2월 C반으로 승격
8월 D반으로 강등	3월 B반으로 승격 확정
11월 C반으로 승격	

류엔 카케루

Kakeru Ryuen

학적 번호

S01T004711

반

류엔 반

동아리

무소속

생일

10월 20일

독재와 공포 정치로 반을 지배하는 리더. 한 때 아야노코지에게 패배하고 자리에서 내려왔지만, 1학년 때 선발 종목 시험에서 리더로 복귀한다. 최종적으로 아야노코지에게 복수하기 위해 우선은 사카야나기, 이치노세에게 도전한다.

난 빨리 너를 쓰러트리고

놈에게 복수할 거다

OAA 평가 〈 over all ability 〉

이기적이고 거만한 성격으로 사회 공헌도가 가장 낮은 레벨. 다른 능력도 평균을 조금 웃도는 수준에서 그치지만, 신경전과 모략과 같이 수치로는 드러낼 수 없는 부분에 있어서는 타의 추종을 불허한다. 생존과 탈락의 특별시험에서는 하시모토와 내통하고 이치노세와 힘을 합쳐 사카야나기를 앞지른다.

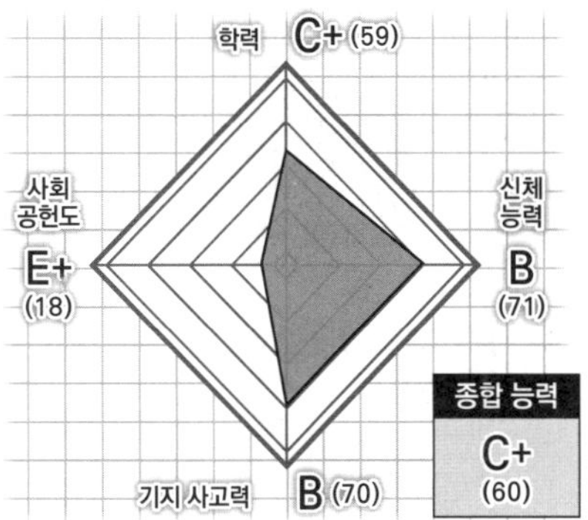

류엔 반

학 생 조 사 서 〈 student file 〉

사카야나기 반에서 영입한
카츠라기를 반의 참모로 중용

사카야나기 반에서 고립되어 있던 카츠라기를 영입했다. 무인도 서바이벌 시험 때 파트너로 삼는 등 참모로 중용한다. 수학여행 때 카츠라기가 사카야나기 반 학생에게 괴롭힘을 당했을 때 개입. 얄밉게 말하면서도 감싸준다.

독재자에서 점점 변화하는
리더로서의 류엔

다친 코미야를 보러 가서 범인을 찾기도 하고, 류엔에게 반발하는 토키토에게 진심을 털어놓게 한 다음 용서해 주는 등 반 아이들을 대하는 방식이 달라졌다. 리더로서 성장하는 반면 반 아이들은 류엔을 의존하는 경향이 더 강해지고 있다.

이부키 미오

Mio Ibuki

학적 번호
S01T004714

반
류엔 반

동아리
무소속

생일
7월 27일

말수가 적고 단독 행동을 선호하기 때문에 반에서 고립된 경향이 있다. 호리키타를 일방적으로 라이벌로 본다. 무인도 서바이벌 시험에서도 도전장을 냈지만, 아마사와가 방해하는 바람에 같이 싸우게 된다. 그 이후로 본의 아니게 함께 다닐 기회가 늘어났다.

OAA 평가 〈 over all ability 〉

신체 능력이 좋고 격투기 실력도 우수하다. 그런데 무인도 서바이벌 시험 도중 호리키타와 힘을 합쳐 아마사와와 싸우지만, 적수가 되지 못했다. 지고는 못 사는 성미여서 복수전을 맹세하고, 교류회 때는 싫어하는 아야노코지의 비밀 특훈을 호리키타와 함께 받는다.

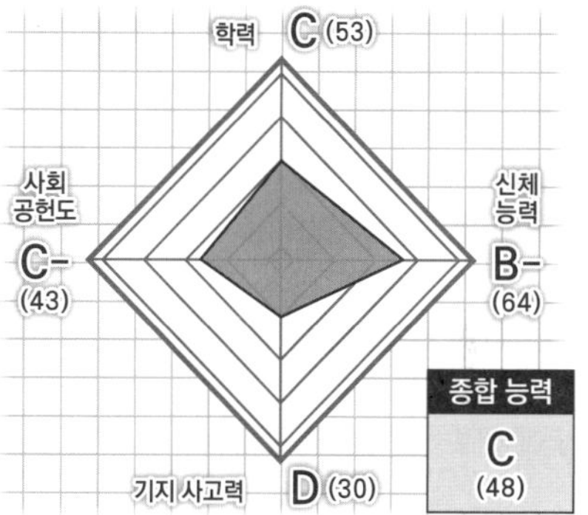

학 생 조 사 서 〈 student file 〉

심리전에 서툰 탓에
잘 휘둘린다

겉과 속이 다르지 않은 성격인데 직선적인 돌직구형이라고도 할 수 있다. 호리키타가 레몬티를 사주면서 반강제로 도움을 요청하기도 하고, 류엔과의 카드 게임에서 지는 바람에 문화제 때 코스프레를 하는 등 심리전에서 잘 밀린다.

쿠시다와 함께 호리키타의 요리를
둘러싸는 사이가 되다

쿠시다의 본성을 접하게 되고도 그편이 더 호감이라면서 쿠시다의 재기에 일조한다. 요리를 못 한다는 사실을 호리키타가 알게 되면서 식생활 개선을 위해 종종 호리키타의 요리를 얻어먹게 된다. 쿠시다도 들이닥치면서 세 사람의 관계성이 깊어진다.

시이나 히요리

Hiyori Shiina

학적 번호
S01T004735

반
류엔 반

동아리
다도부

생일
1월 21일

엉뚱하고 여유로우면서도 침착하고 냉정한 성격으로 가끔 정곡을 찌르는 예리한 발언을 하기도 한다. 아야노코지와는 공통 관심사인 독서를 통해 친구가 된다. 경쟁을 썩 좋아하는 성격은 아니지만 반에 대한 마음이 점차 강해지면서 A반으로 졸업하기 위해 행동에 나선다.

그래도…… 꼭 같이

졸업해요

OAA 평가 〈over all ability〉

4월 시점

학력 평가는 아주 높고 학년에서도 최고 수준이다. 류엔이 자리에서 내려왔을 때 반 여학생의 리더 같은 역할을 맡았던 것처럼, 기지 사고력이 낮지 않다. OAA의 평가 대상 이외의 부분으로는 교류회 때 압화, 유리 공예에서 손재주와 센스를 발휘했다.

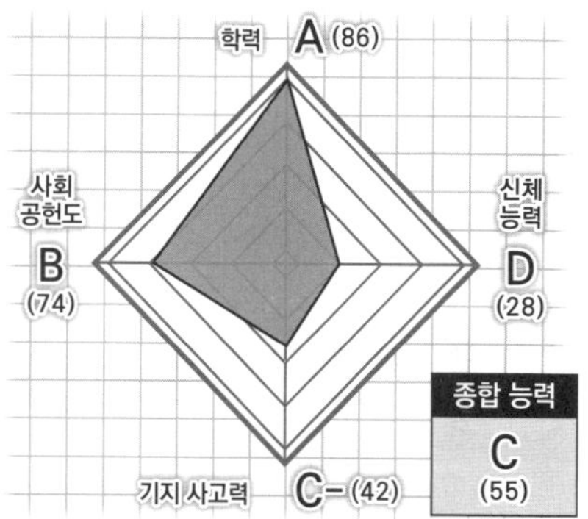

학생 조사서 〈 student file 〉

류엔 반을 뒤에서
계속 서포트하다

만장일치 특별시험 때 토키토를 돕도록 카츠라기를 유도하고, 학년 말 특별시험에서도 폭주하는 토키토를 달래는 등 반에 공헌했다. 류엔이 A반 승격에 필요한 존재라고 느끼지만 반 아이들의 성장 기회를 배앗고 있다는 우려도 하고 있다.

아야노코지에 대한
마음은 과연——

아야노코지에게 여자친구가 생기면 도서실에 가는 시간을 다르게 하는 등 배려한다. 그러나 또 얼굴을 마주치면 예전처럼 도서실에서 만날 수 있길 바란다. 겨울방학 때는 지금까지 아무에게도 말한 적 없는 아버지의 저서를 아야노코지에게 선물했다.

카츠라기 코헤이

Kouhei Katsuragi

학적 번호
S01T004666

반
류엔 반

동아리
무소속

생일
8월 29일

사카야나기와 파벌 싸움을 벌일 만큼 우수하지만, 패배해서 설 자리를 잃고 류엔의 제안으로 반을 옮긴다. 그 이후 반의 참모로 여러 특별시험에서 활약. 류엔에게 직언할 수 있는 귀한 인재이지만, 관계가 얽힌 사카야나기와 학년말 특별시험에서 대립했을 때는 냉정을 잃어버린다.

이시자키 다이치
Daichi Ishizaki

학 적 번 호
S01T004656

반
류엔 반

동 아 리
무소속

생 일
4월 14일

류엔을 선망하고 류엔이 리더 자리에 복귀한 이후에는 그를 충실히 따른다. 반 친구들을 잘 챙기는 편이지만, 다른 반에 하는 방해 공작을 꺼리지 않고 여전히 거칠게 구는 무투파. 아야노코지를 높이 평가해서 틈만 나면 류엔 반으로 이동하라고 권유한다.

야마다 알베르트

Alberto Yamada

학 적 번 호

S01T004708

반

류엔 반

동 아 리

무소속

생 일

1월 16일

신체 능력이 탁월하고 싸움도 잘하지만, 원래는 폭력을 좋아하지 않는 마음씨 착한 남자. 말수가 적어서 오해를 사기 쉬운데, 일본어를 잘 알아듣는다. 이시자키와 친하고 같이 류엔을 따른다. 국기 수집이 취미여서 방을 장식했고, 일본 음식을 즐겨 먹는 등의 일면이 있다.

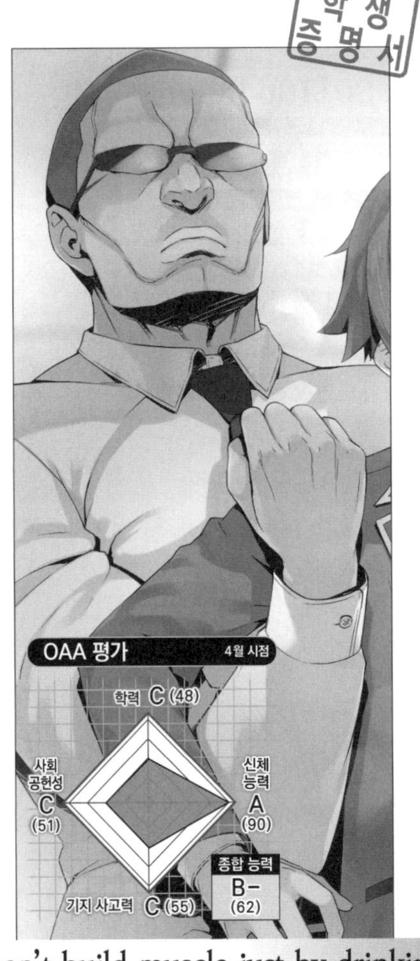

You can't build muscle just by drinking protein shakes

(그 점은 걱정할 것 없다. 단백질 셰이크 좀 마셨다고 근육이 붙지는 않는다.)

토키토 히로야

Hiroya Tokito

학 적 번 호
NO DATA

반
류엔 반

동 아 리
NO DATA

생 일
NO DATA

지기 싫어하는 성격에 입이 험한 편이고, 류엔의 독재가 마음에 들지 않아 반기를 들고 싶어 한다. 반을 이동한 카츠라기와 다툰 적도 있으며, 만장일치 특별시험 때는 류엔에게 덤볐다가 제압당한다. 수학여행 때 넘어진 사카야나기를 도와준 이후로 왠지 사카야나기가 신경 쓰인다.

퇴학당할 사람은 내가
아니라 너다, 류엔!

코미야 쿄고
Kyogo Komiya

사츠키를 울리면

가만 안 둔다

시노하라를 좋아해서 무인도 서바이벌 시험에서 고백할 계획이었지만, 누군가에 의해 다치고 만다. 탈락할 때 연적 이케를 독려하는 용기를 보여준다.

학적 번호	S01T004670
반	류엔 반
동아리	농구부
생일	3월 27일

니시노 타케코
Takeko Nishino

너의 어중간한 동료 의식은

혼란만 불러올 뿐이야

학적 번호	S01T004746
반	류엔 반
동아리	NO DATA
생일	6월 11일

배짱 있고, 납득이 안 되는 부분이 있으면 그 상대가 류엔이라도 직설적으로 말한다. 기본적으로는 류엔을 따르고, 코미야와 키노시타를 습격한 범인 찾기에 협조한다.

카네다 사토루
Satoru Kaneda

저도 계산하는 데 있어서
흔들려 버릴 테니까요

류엔 반에서 학력이 높은 편이고 논리적으로 사고하며 만장일치 특별 시험 때는 토키토에게 적확한 반론을 펼친다. 류엔의 신뢰를 얻었고 하시모토와 밀담을 나누는 등 수면 밑 교섭도 한다.

학적 번호	S01T004662
반	류엔 반
동아리	미술부
생일	1월 9일

키노시타 미노리
Minori Kinoshita

정말이야. 땅딸막해서
귀여운 것 같기도 해

육상부 소속. 무인도 서바이벌 시험 때 누군가가 코미야와 함께 벼랑에서 미는 바람에 도중 탈락한다. 그 후 범인의 얼굴을 떠올렸다고 증언하여 범인이 자백하게 만드는 데 일조한다.

학적 번호	NO DATA
반	류엔 반
동아리	육상부
생일	NO DATA

야부 나나미

Nanami Yabu

예를 들면…… 이부키를
퇴학시키는 건 어때?

마나베가 퇴학당한 이후 류엔 반 여학생들의 리더가 된다. 이부키를 눈엣가시로 여겨서 만장일치 특별시험 때 퇴학으로 내몰려고 모로후지를 끌어들이지만 계획대로 되지 않는다.

학적 번호	NO DATA
반	류엔 반
동아리	NO DATA
생일	NO DATA

학적 번호	NO DATA
반	류엔 반
동아리	NO DATA
생일	NO DATA

모로후지 리카

Rika Morofuji

만약 이부키가 된다면
나도 찬성, 이랄까……

예전에 카루이자와와 싸워서 카루이자와가 마나베 무리와 대립하는 원인을 만들었다. 만장일치 특별시험 때 야부가 이부키를 퇴학자로 지목하자, 그전까지는 반대표를 던지다가 찬성으로 돌아섰다.

[류엔 반]
그 밖의 학생
Classroom of Ryuen

아사가야 마이
Mai Asagaya

학년말 특별시험에서 사카야나기 대 류엔의 제2토론에 참가했다.

이소야마 나기사
Nagisa Isoyama

무인도 서바이벌 시험에서 시이나, 모로후지와 같은 그룹이 되었다. 학년말 특별시험 때는 사나다 대 니시노의 제1토론에 참가했다.

이노우에 토아
Toa Inoue

학년말 특별시험에서 사나다 대 카츠라기의 제1토론에 참가했다.

오카베 후유
Fuyu Okabe

무인도 서바이벌 시험이 끝난 후 여객선에서 토키토와 함께 카츠라기를 추궁했다. 학년말 특별시험 때는 사나다 대 카츠라기의 제1토론에 참가했다.

오다 타쿠미
Takumi Oda

수학여행 때 사카야나기 반 마토바에게 괴롭힘당하던 카츠라기를 신경 쓴다. 교류회에서는 키류인이 리더인 그룹에 속했다.

스미노쿠라 마미
Mami Suminokura

학년말 특별시험에서 사카야나기 대 류엔의 제1토론에 참가했다.

하타테 카오루
Kaoru Hatate

학년말 특별시험에서 사카야나기 대 류엔의 제1토론에 참가했다.

Hidetoshi Suzuki

스즈키 히데토시

무인도 서바이벌 시험이 끝난 후 여객선에서, 나카이즈미와 함께 나나세를 마크했다. 학년말 특별시험 때는 사카야나기 대 류엔의 제2토론에 참가했다.

Reon Kondo

콘도 레온

무인도 서바이벌 시험이 끝난 후 여객선에서, 다친 코미야를 보러 갔다. 학년말 특별시험 때는 사카야나기 대 류엔의 제2토론에 참가했다.

Masashi Sonoda

소노다 마사시

축구부 소속 남학생. 학년말 특별시험 때는 사나다 대 니시노의 제1토론에 참가했다.

Miu Suzuhira

스즈히라 미우

학년말 특별시험 때 사나다 대 카츠라기의 제1토론에 참가했다.

Shohei Nakaizumi

나카이즈미 쇼헤이

무인도 서바이벌 시험이 끝난 후 여객선에서 스즈키와 함께 나나세의 행동을 감시했다. 학년말 특별시험에서는 사카야나기 대 류엔의 제1토론에 참가했다.

Miko Takarajima

타카라지마 미코

학년말 특별시험에서 사카야나기 대 류엔의 제1토론에 참가했다. 사카야나기가 배신자로 지목했다.

Rinna Fujisaki

후지사키 린나

학년말 특별시험 때는 사카야나기 대 류엔의 제2토론에 참가했다. 시미즈의 지적에, 토키토가 반을 배신했을지도 모른다는 의심을 품는다.

Yuji Nomura

노무라 유지

학년말 특별시험에서 사카야나기 대 류엔의 제2토론에 참가했다.

야노
Yano

생존과 탈락의 특별시험 때 전반전 종료 시점에 탈락했다.

야마가
Yamaga

무인도 서바이벌 시험이 끝난 후 여객선에서 호리키타의 말을 이부키에게 전달했다.

야마와키
Yamawaki

무인도 서바이벌 시험이 끝난 후 여객선에서, 다친 코미야를 보러 갔다.

요시모토 코세츠
Kosetsu Yoshimoto

학년말 특별시험 때는 사나다 대 니시노의 제1토론에 참가했다.

야지마 마리코
Mariko Yajima

만장일치 특별시험에서 반 친구가 한 명 퇴학당하는 대신 100 반 포인트를 얻는다는 과제의 투표 때 찬성과 반대를 오락가락했다.

야마시타 사키
Saki Yamashita

문화제 때 전단지를 배포했다. 학년말 특별시험에서는 사나다 대 니시노의 제1토론에 참가했다.

유베 요시카
Yoshika Yube

학년말 특별시험 때 사나다 대 카츠라기의 제1토론에 참가했다.

반 리더

류엔 카케루

2학년 종료 시점의 잠정 반 포인트 1,040~1,090 포인트

2학년 총평

General Comment of the Second-year

1년 총괄

사카야나기 반에서 카츠라기가 이동해왔다. 반 포인트가 들어오고 나가는 추세가 심했던 1학년 때에 비하면 확실히 마이너스가 줄어들었고, 순조롭게 포인트를 모아 B반으로 승격했다.

특별시험의 대응

문화제와 체육대회와 같이 학력과 상관없는 시험에서 실력을 발휘. 생존과 탈락의 특별시험처럼 다른 반과 직접 대결하는 특별시험에 강세를 보이는 것이 비약적인 상승의 요인이다.

반의 강점

류엔의 독재 체제는 변함없지만, 정신적으로 성장한 그를 다른 학생들이 신뢰하게 된다. 점점 단합되어 가는 반이 류엔의 전략을 실행으로 옮겨 성과를 올렸다.

앞으로 남은 과제

류엔에 대한 의존이 반 아이들의 성장을 방해할 가능성이 있다. 또, 2학기 기말고사와 협력형 종합 필기고사 때 포인트를 잃었던 것처럼 낮은 기초 학력이 문제다.

류엔 반

Classroom of Ichinose

이치노세 반

반 등급

4월	B반	11월	D반으로 강등
5월	C반으로 강등	1월	C반으로 승격
8월	B반으로 승격	2월	D반으로 강등
10월	C반으로 강등		

이치노세 반

이치노세 호나미

Honami Ichinose

학적 번호
S01T004620

반
이치노세 반

동아리
무소속

생일
7월 20일

누구에게나 친절하지만 희생을 동반하는 결단을 내리지 못해 D반까지 떨어지고 학생회도 그만두고 침체기에 빠진다. 아야노코지 덕분에 회복해서, 다른 반 리더들이 인식을 새롭게 할 만큼 급성장한다. 학년말 특별시험 때는 아야노코지와 직접 대결을 펼친다.

OAA 평가 〈 over all ability 〉

사회 공헌도는 최고 수준의 평가. 수치 평가 이외에는 뛰어난 통찰력으로 정평이 나 있는데, 아야노코지와 칸자키의 사소한 대화만 보고도 두 사람이 많이 가까워졌음을 알아차린다. 학년말 특별시험 때는 그 누구도 따라올 수 없는 강한 모습을 보이며, 호리키타가 완전히 나가떨어질 만큼 완승을 거둔다.

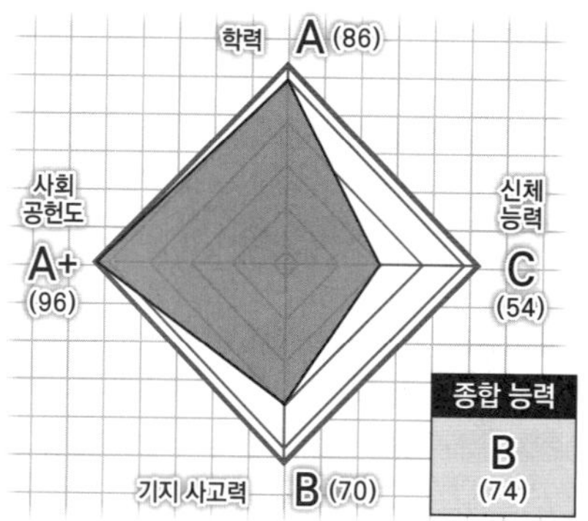

학생 조사서   〈 student file 〉

장점이자 단점이기도 한
이치노세의 착한 성품

한 사람도 탈락자가 나오지 않고 모두 함께 졸업하는 것이 목표다. 퇴학자를 만드는 비정한 결단을 내리지 못하고, 만장일치 특별시험에서는 개혁파 칸자키의 의견을 막았다. 반 아이들은 대부분 이치노세를 지지하지만 결과적으로 D반까지 떨어지고 만다.

아야노코지를 좋아하는 마음을
양분 삼아 리더로서 급성장하다

무인도 서바이벌 시험 도중 아야노코지에 대한 마음을 자각한다. 아야노코지에게 여자친구가 생겼다는 사실을 알고 한번은 거리를 두지만, 아야노코지가 돌아봐 줄 수 있는 사람이 되겠다고 겨울방학 전에 선언한다. 그리고 3학기 특별시험에서 능력을 각성한다.

칸자키 류지

Ryuji Kanzaki

학 적 번 호
S01T004662

반
이치노세 반

동 아 리
무소속

생 일
12월 5일

이치노세 반의 참모 같은 존재. 만장일치 특별시험에서 이치노세를 맹신하는 반의 풍조에 위기감을 느끼고 문제를 제기하지만 찬성을 얻지 못한다. A반 졸업을 포기하다가 아야노코지의 협력을 얻어 개혁파 멤버를 조금씩 모은다.

모두가 정상성 바이언스에 빠져 있기

때문이라는 생각밖에 안 들어

OAA 평가 〈over all ability〉

전체적으로 평가가 높은 우등생. 이치노세 반에서는 능력이 상위이고, 학년말 특별시험에서 중견으로서 대표자가 되기도 했다. 그다지 나서는 성격이 아니고, 대화하다가 상대방에게 안 좋은 인상을 심어줄 때가 많아 기지 사고력은 다른 요소보다 조금 낮게 평가받고 있다.

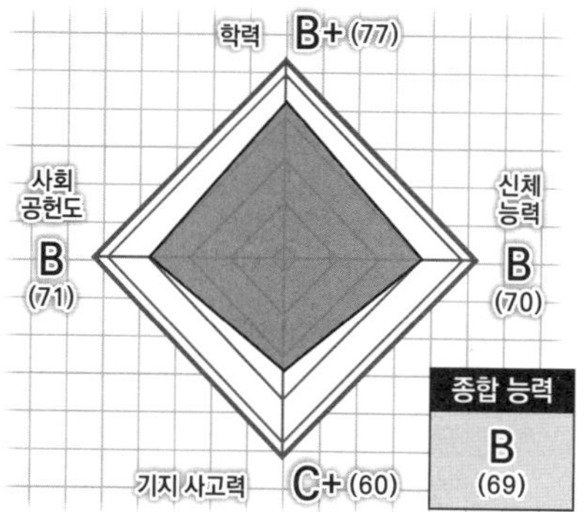

이치노세 반

학 생 조 사 서 〈 student file 〉

착실하게 개혁파 멤버를 늘리지만 패배의 실의 때문에 행동으로 쉽게 옮기지 않는다

학년말 특별시험에서는 아야노코지가 적의 대장으로 나왔다는 사실에 비관하여, 호리키타에게 승리를 양보해 달라고 애원한다. 히메노를 비롯해 동료를 늘려가나 시험이 끝나고 서로 느낀 점을 얘기하는 자리에서 반의 분위기를 바꾸기 위해 나서지는 못했다.

아야노코지를 적으로 경계하면서도 조언을 구하기도 한다

다른 반 아야노코지에게 상의할 때가 많고, 이치노세의 진심을 파악해달라고 부탁했다. 부모가 재계인이어서 사카야나기와는 옛날부터 아는 사이이며, 아야노코지 아츠오미를 존경한다. 아야노코지가 그의 아들이라는 사실을 안 이후로 더욱 신뢰하게 되었다.

히메노 유키
Yuki Himeno

학적 번호
S01T004749

반
이치노세 반

동아리
NO DATA

생일
5월 26일

텐션 낮은 말투로 그 누구와도 친하지 않지만 그렇다고 그 누구와도 사이가 나빠지지 않는 것을 방침으로 삼았다. 화기애애한 분위기에 적응하지는 못해도 반의 화합을 망가뜨리지 않는다. 본심은 A반으로 졸업하고 싶어서, 칸자키의 제안을 받고 개혁파 멤버가 된다.

이치노세의 그런 방식만으로는 A반으로

올라갈 수 없지 않을까 싶은데

OAA 평가 〈over all ability〉

전체적으로 평균보다 높은 평가를 받았다. 기지 사고력도 평균 이상인 수치지만, 특별히 사교적이지는 않고 사실은 반의 분위기를 망치지 않으려는 것뿐. 속으로는 사교성이 없다고 느낀다.

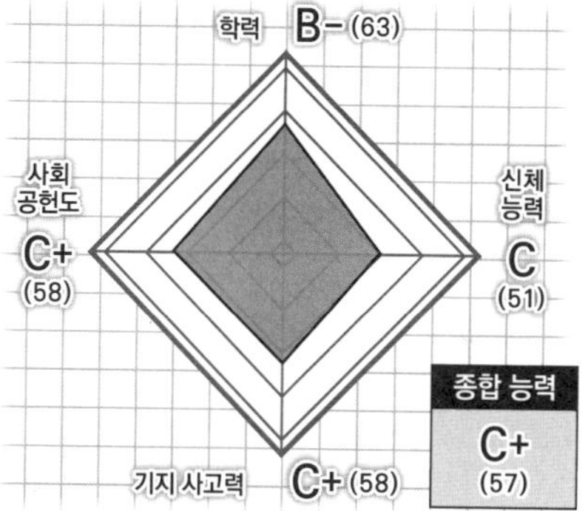

학생 조사서 〈 student file 〉

잠자코 흐름에 몸을 맡기기만 하던
자신을 바꿔 보려고 한 발 내딛다

무인도 서바이벌 시험이 끝난 후 이치노세 반의 뒤풀이 때 다 같이 모이는 것이 불편했던 히메노는 몸이 안 좋다고 둘러대며 중간에 자리를 피한다. 뒤따라온 아야노코지에게, 좋은 게 좋은 반 분위기를 긍정적으로 보지는 않는다고 고백한다.

반을 바꾸기 위한 행동에
자신감이 흔들리기도

칸자키와 허심탄회하게 속마음을 공유하면서 서로 최초의 이해자가 된다. 협력형 종합 필기고사를 치기 전, 칸자키와 아야노코지, 아미쿠라와 이치노세 반의 미래에 관해 논의하지만, 사실은 행동으로 옮기는 것이 얼마나 힘든지 통감하면서 무력감에 빠진다.

아미쿠라 마코

Mako Amikura

학적 번호
S01T004741

반
이치노세 반

동아리
무소속

생일
10월 2일

이치노세와 친한 사
이로, 같은 헬스장에 다
니는 등 휴일에도 만날
정도다. 와타나베가 좋
아하지만, 중학교 때부
터 짝사랑하는 사람이
있다. 무인도 서바이벌
시험이 끝난 후 뒤풀이
에서 사회를 맡는 등 반
여학생을 이끌고 이치
노세를 돕는다.

호나미짱 옆에 있어 주는 것밖에

할 수 없지 않을까?

시바타 소우
Satoru Kaneda

> 친구를 지키고, 친구를 믿어주는
> 반이 마지막에 승리하는 거야

축구부 소속으로 신체 능력이 뛰어나다. 밝고 활발하며 반 친구들의 신뢰도 두텁다. 이치노세의 방침을 지지하고 반이 똘똘 뭉쳐서 열심히 하면 된다고 생각한다. 이치노세를 짝사랑 중.

학적 번호	S01T004666
반	이치노세 반
동아리	축구부
생일	11월 11일

하마구치 테츠야
Tetsuya Hamaguchi

> 이대로 방치하는 건
> 좋은 생각이 아니야

이치노세 반 남학생 중에 주도적인 편으로, 학년말 특별시험 때 선봉을 맡았다. 칸자키를 동조하던 개혁파 멤버지만, 칸자키의 말투에도 쓴소리를 던질 만큼 균형이 잘 잡혀 있다.

학적 번호	NO DATA
반	이치노세 반
동아리	NO DATA
생일	NO DATA

시라나미 치히로
Chihiro Shiranami

아야노코지는…… 저기,

호, 호나미짱이랑 무슨 사이야?

전부터 이치노세를 좋아해서, 이치노세가 의식하는 아야노코지를 경계한다. 무인도 서바이벌 시험 때 길을 잃었다가 아야노코지의 도움을 받았다.

- ◀ 학적 번호 S01T004744
- ◀ 반 이치노세 반
- ◀ 동아리 미술부
- ◀ 생일 11월 28일

와타나베 노리히토
Norihito Watanabe

그 아미쿠라 말인데, 슬쩍……

떠봐 줄 수 없을까?

- ◀ 학적 번호 NO DATA
- ◀ 반 이치노세 반
- ◀ 동아리 NO DATA
- ◀ 생일 NO DATA

수학여행 이후로 아야노코지와 이야기를 자주 나누게 되었다. 스스럼없이 노크도 하지 않고 아야노코지의 방문을 열었다가 이치노세의 행동을 목격하고 만다. 아미쿠라에게 호감이 있다.

미나미카타 코즈에
Kozue Minamikata

> 지금도 별로 변한 게
> 없는 것 같은데~

공부는 못하지만 운동 신경이 뛰어나고, 무인도 시험에서는 하마구치와 안도와 같은 그룹이었다. 모두가 『선행』 카드를 써서 조리도구를 사자, 반에서 주방 담당이 되었다.

학적 번호	S01T004780
반	이치노세 반
동아리	NO DATA
생일	6월 1일

안도 사요
Sayo Ando

> 오늘은 여기서
> 캠핑하고 가

운동 신경이 좋고 체력에도 자신 있으며, 무인도 서바이벌 시험 때는 하마구치와 미나미카타와 같은 그룹이었다. 5일 차 밤에 아야노코지와 나나세에게 식사를 대접한다. 사실은 시바타를 좋아한다.

학적 번호	S01T004713
반	이치노세 반
동아리	배구부
생일	5월 9일

[이치노세 반]
그 밖의 학생
Classroom of Ichinose

아라가키 이츠키
Itsuki Aragaki

학년말 특별시험에서 호리키타 대 칸자키의 제1토론에 참가했다.

이구치 마시로
Mashiro Iguchi

학년말 특별시험 때 호리키타 대 칸자키의 제1토론에 참가했다.

이시마루 유리코
Yuriko Ishimaru

학년말 특별시험에서 히라타 대 하마구치의 제1토론에 참가했다.

오누키 나기사
Nagisa Onuki

학년말 특별시험에서 히라타 대 하마구치의 제1토론에 참가했다.

코바시 유메
Yume Kobashi

무인도 서바이벌 시험의 그룹 나누기 때 호리키타 반의 이케에게 제안하려고 했다. 결국에는 타케모토, 시라나미와 한 그룹이 되었다.

스미다 마코토
Makoto Sumida

학년말 특별시험에서 호리키타 대 칸자키의 제1토론에 참가했다.

치바
Chiba

학년말 특별시험 때 호리키타 대 이치노세의 제1토론에 참가했다.

츠베 히토미
Hitomi Tsube

무인도 서바이벌 시험에서 이시자키, 니시노와 같은 그룹이었다.

토키토 카츠미
Katsumi Tokito

1학년 혼합 합숙 때 아야노코지와 같은 그룹이었다. 류엔 반의 토키토 히로야와 먼 친척.

나카니시 지로
Jiro Nakanishi

수학여행에서 눈싸움할 때 아야노코지 일행과 싸운 팀의 멤버. 학년말 특별시험에서는 히라타 대 하마구치의 제1토론에 참가했다.

니우라
Niiura

학년말 특별시험 때 호리키타가 대표자 후보 중 한 명으로 뽑았었다.

하츠카와 마호
Maho Hatsukawa

교류회에서 키류인이 리더인 그룹에 속했다. 학년말 특별시험 때는 호리키타가 대표자 후보 중 한 명으로 지목했다.

벳푸 료타
Ryota Beppu

1학년 때 선상 시험에서 아야노코지와 같은 그룹이었다.

미네
Mine

학년말 특별시험에서 호리키타 대 칸자키의 토론에 「우등생」으로 참가했다.

야마가타 히나
Hina Yamagata

학년말 특별시험에서 히라타 대 하마구치의 제1토론에 참가했다.

니노미야 유이
Yui Ninomiya

무인도 서바이벌 시험에서 하시모토, 칸자키와 한 그룹이었다. OAA 상의 학력은 A-, 신체 능력은 D-. 생존과 탈락의 특별시험에서 장르 「영어」에 뽑혔다. 학년말 특별시험 때는 호리키타 대 칸자키의 제1토론에 참가했다.

핫토리
Hattori

학년말 특별시험에서 호리키타 대 이치노세의 토론에 「하급생」으로 참가했다.

미타라이
Mitarai

학년말 특별시험에서 아야노코지 대 이치노세의 토론에 「일반 학생」으로 참가했다.

모리야마 스스무
Susumu Moriyama

학년말 특별시험 때 히라타 대 하마구치의 제1토론에 참가했다.

요네즈 하루토
Haruto Yonezu

학년말 특별시험에서 호리키타 대 칸자키의 제1토론에 참가했다.

반 리더	이치노세 호나미
2학년 종료 시점의 잠정 반 포인트	**714**포인트

1년 총괄

반 포인트는 많이 잃지 않았지만, 한번에 100 포인트 이상을 얻지도 못했다. 전년에 비해 포인트는 늘어났음에도 불구하고 D반으로 전락하고 말았다.

특별시험의 대응

퇴학자를 만들지 않는다는 이치노세의 방침을 반이 지지하면서, 2년 연속으로 퇴학자를 한 명도 내지 않았다. 그러면서도 대패는 피했고, 포인트 변동도 최소한에 그쳤다.

반의 강점

결속력은 학년 최고. 칸자키를 중심으로 한 개혁파가 수면 아래에서 결성되었지만, 아직 반에 영향력을 발휘하지 못했다. 서서히 각성해가는 이치노세에게 어떤 식으로 작용할지는 미지수다.

앞으로 남은 과제

호리키타 반과 포인트 차이가 벌어진 최하위인데도 낙관하는 학생이 많아서 현실을 직시하는 것이 급선무다. 이치노세의 전략 이외에도 각자 개성을 발휘하는 것이 요구된다.

2학년 총평

General Comment of the Second-year

Classroom of Sakayanagi

사카야나기 반

반 등급

4월 A반
3월 B반으로 강등
    C반으로 강등 확정

사카야나기 아리스

Arisu Sakayanagi

학적 번호
S01T004737

반
사카야나기 반

동아리
무소속

생일
3월 12일

선천적 질환 때문에 걸을 때는 지팡이를 짚는다. 어렸을 때 화이트 룸을 견학하러 갔다가 아야노코지를 알게 되고 아버지에게 아야노코지 타도를 맹세한다. 아야노코지와의 대결을 손꼽아 기다리면서 그 전초전으로 류엔과 학년말 특별시험에서 퇴학을 걸고 대결한다.

OAA 평가 〈 over all ability 〉

4월 시점

운동과 관련된 특별시험에는 참가할 수 없어서 신체 능력 평가는 학년 최하위와 같다. 그러나 천재를 자칭하듯 학력은 학년 최고. 전략성도 뛰어나 무인도 서바이벌 시험에서 사령탑으로 1학년의 의도를 모조리 저지했다.

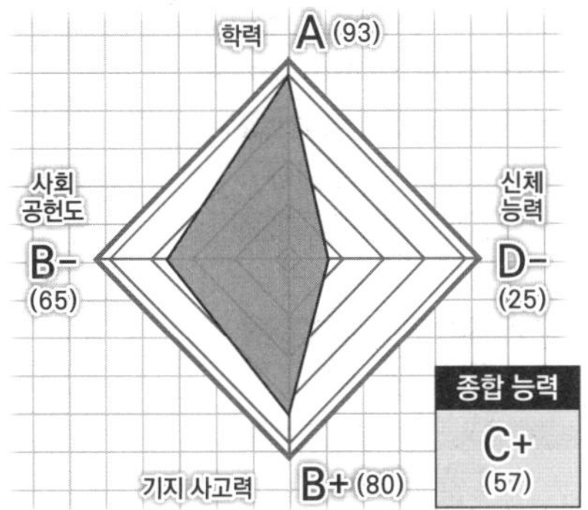

학생 조사서 〈 student file 〉

반의 성적보다도
아야노코지를 우선

리더로서 반을 이끌지만, 아야노코지를 가장 중요하게 생각한다. 체육대회에서 아야노코지의 책략에 휘말려 결석하고 함께 시간을 보낸다. 겨울방학 때는 아야노코지에게 좋아하는 마음을 전한다. 학년말 특별시험에서는 아야노코지가 보낸 메시지를 이해하고 패배를 선택한다.

잃고 나서야 비로소 깨달은
인생 첫 『친구』라는 존재

생존과 탈락의 특별시험에서 제비뽑기로 퇴학자를 선정하게 되면서 측근 카무로가 퇴학당하고 만다. 처음에는 태연한 척했지만 아야노코지에게 지적받고 나서야 그때까지 장기 말로만 여겼던 카무로가 사실은 자신에게 인생 첫 친구였음을 깨달았다.

사카야나기 반

하시모토 마사요시

Masayoshi Hashimoto

학적 번호
S01T004690

반
사카야나기 반

동아리
테니스부

생일
4월 24일

사카야나기의 측근으로 정보 수집 등을 담당하면서, 한편으로는 A반 졸업을 확고히 하기 위해 다른 반 학생과도 내통한다. 아야노코지의 영입을 둘러싸고 사카야나기와 대립하다가 마침내 선을 넘고 배신한다. 혼자 정신적으로 안정을 찾고 싶을 때면 화장실 개인 칸에 틀어박히는 버릇이 있다.

최종적으로 A반이면 돼

어려우면서도 간단한 얘기지

카무로 마스미

Masumi Kamuro

학적 번호
S01T004714

반
사카야나기 반

동아리
미술부

생일
2월 20일

사카야나기의 측근. 물건을 훔치는 장면을 들키는 바람에 처음에는 어쩔 수 없이 사카야나기를 도왔지만, 점차 사카야나기의 마음에 들게 되면서 유일하게 이름으로 불리는 학생이다. 호리키타 반의 중심인물이 아야노코지가 아닌지 독자적으로 조사하고 있다. 생존과 탈락의 특별시험 때 퇴학이 결정되고, 사카야나기에게 배신자를 퇴학시키라는 말을 남긴다.

또 성가신 일에 나를 끌어들일 셈이야?

키토 하야토

Hayato Kito

학 적 번 호
S01T004664

반
사카야나기 반

동 아 리
NO DATA

생 일
4월 4일

사카야나기의 측근. 하시모토와 함께 다닐 때가 많다. 말이 없고 신체 능력이 뛰어나 사카야나기의 보디가드 같은 역할을 맡았다. 수학여행에서 니시노가 다른 학교 학생에게 시비 걸렸을 때 구해준다. 패션 디자이너가 되는 것이 꿈이어서 잡지와 TV 방송으로 정보를 수집하는 데 여념이 없다.

원래 네놈을 쓰러트리는 건

나 혼자 충분해

야마무라 미키

Miki Yamamura

학적 번호
S01T004789

반
사카야나기 반

동아리
NO DATA

생일
12월 29일

수수하고 존재감이 없어서 사카야나기의 지시로 미행을 맡을 때가 많다. 자판기 옆에 가만히 서 있으면 마음이 차분해지는 모양. 생존과 탈락의 특별시험에서 퇴학은 면했지만, 사카야나기의 진의를 알아낼 한 걸음을 떼지 못하고 있었는데, 교류회에서 아야노코지의 지원 사격도 있어서 마침내 사카야나기와 대화를 나눈다.

존재감이 없어서…… 저 혼자 있는 것도 모르지 않을까 싶은데

모리시타 아이
Ai Morishita

아야노코지 키요타카는 역시 그에 상응
하는 위협적인 인물일 것 같네요

말투는 정중하지만 거침없고 상대의 이름을 성까지 붙여 부르는 등 은근히 무례한 인상을 풍긴다. 반만 지켜진다면 개성을 드러낼 필요도 없다고 생각해왔다. 괴짜지만 상황 분석은 적확하다.

학적 번호	S01T004784
반	사카야나기 반
동아리	NO DATA
생일	9월 25일

사나다 코세이
Kosei Sanada

아야노코지 군과는 한 번쯤
얘기 나눠보고 싶었지요

학력이 높고, 같은 학년에게도 정중한 말투로 대하며 태도도 부드럽다. 같은 취주악부 후배와 사귀고 있다. 사카야나기가 아야노코지와 친한 것을 보고 아야노코지에게 관심을 가진다.

학적 번호	NO DATA
반	사카야나기 반
동아리	취주악부
생일	NO DATA

[사 카 야 나 기 반]

그 밖의 학생

Classroom of Sakayanagi

타카나시 코우
Ko Takanashi

학년말 특별시험에서 사카야나기 대 류엔의 제
1토론에 참가했다.

사와다 야스미
Yasumi Sawada

크리스마스에 주문해 받은 케이크를 사카야나
기에게 양보했다. 교류회에서는 나구모가 리더
를 맡은 그룹에 참가했다.

시미즈 나오키
Naoki Shimizu

체육대회 때 리더 사카야나기의 부재 속에서 고
군분투했다. 학년말 특별시험에서는 사나다 대
니시노의 제1토론, 사카야나기 대 류엔의 제2
토론에 참가했다.

스기오 히로시
Hiroshi Sugio

생존과 탈락의 특별시험에서 탈락자가 되었다.
학년말 특별시험에서는 사나다 대 카츠라기의
제1토론에 참가했다.

이시다 유스케
Yusuke Ishida

학년말 특별시험에서 사카야나기 대 류엔의 제
1토론에 참가했다.

사토나카 사토루
Satoru Satonaka

체육대회 때 마토바와 시미즈에게 탁구 복식 경
기는 비교적 할 만하다는 정보를 전달했다. 생
존과 탈락의 특별시험에서는 한자가 약하다는
사실이 드러난다. 학년말 특별시험 때는 사나다
대 카츠라기의 제1토론에 참가했다.

시마자키 잇케이
Ikkei Shimazaki

무인도 서바이벌 시험 때 후쿠야마와 카루이자
와와 같은 그룹이었다. 학년말 특별시험에서는
사카야나기 대 류엔의 제1토론에 참가했다.

타케모토 시게루
Shigeru Takemoto

무인도 서바이벌 시험에서 코바시, 시라나미와
같은 그룹이었다. 낙오된 시라나미를 도와준 답
례로 아야노코지에게 무전기를 빌려주었다.

츠카사키 타이가
Taiga Tsukasaki

무인도 서바이벌 시험에서 무전기로 사카야나기의 지시를 받아 행동했다.

츠카지 시호리
Shihori Tsukaji

학년말 특별시험에서 사나다 대 카츠라기의 제1토론에 참가했다.

나카지마 리코
Riko Nakajima

1학년 때 선발 종목 시험에서 영어 테스트에 참가했다.

니시카와 료코
Ryoko Nishikawa

1학년 때 선발 종목 시험에서 수학 테스트에 참가했다.

호아시
Hoashi

학년말 특별시험 때 사카야나기 대 류엔의 제5토론에 「우등생」으로 참가했다.

타니하라 마오
Mao Tanihara

학년말 특별시험에서 사나다 대 카츠라기의 제1토론에 참가했다.

타미야 에미
Emi Tamiya

학년말 특별시험 때 사카야나기 대 류엔의 제1토론에 참가했다.

토바 시게루
Shigeru Toba

생존과 탈락의 특별시험 때 탈락자가 되었다. 학년말 특별시험에서는 사카야나기 대 류엔의 제1토론에 「일반 학생」으로 참가했다.

니시 하루카
Haruka Nishi

1학년 때 혼합 합숙에서 이치노세와 같은 소그룹이었다.

후쿠야마 시노부
Shinobu Fukuyama

무인도 서바이벌 시험에서 시마자키와 카루이자와와 같은 그룹이었다. 학년말 특별시험에서는 사나다 대 니시노의 제1토론, 사카야나기 대 류엔의 제2토론에 참가했다.

마토바 신지
Shinji Matoba

체육대회 때 리더 사카야나기의 부재 속에서 시미즈와 서로 도우며 고군분투했다.

마치다 코지
Koji Machida

생존과 탈락의 특별시험에서 장르「생활」에 참가했고 최종적으로 탈락자가 되었다. 학년말 특별시험에서는 사나다 대 니시노의 제1토론, 사카야나기 대 류엔의 제2토론에 참가했다.

모토도이 치카코
Chikako Motodoi

학년말 특별시험 때 사나다 대 니시노의 제1토론, 사카야나기 대 류엔의 제2토론에 참가했다.

모리미야
Morimiya

1학년 때 선상 시험에서 정찰을 맡았다.

모리시게 타쿠로
Takuro Morishige

학년말 특별시험에서 사나다 대 카츠라기의 제1토론에 참가했다.

야노 코하루
Koharu Yano

무인도 서바이벌 시험에서 「무효」 카드를 입수. 생존과 탈락의 특별시험에서는 전반전 종료 시점에 탈락했다. 학년말 특별시험 때는 사나다 대 니시노의 제1토론, 사카야나기 대 류엔의 제2토론에 참가했다.

야나기바시 모토후미
Motofumi Yanagibashi

학년말 특별시험에서 사카야나기 대 류엔의 제1토론에 「우등생」으로 참가했다.

록카쿠 모모에
Momoe Rokkaku

학년말 특별시험 때 사나다 대 니시노의 제1토론, 사카야나기 대 류엔의 제2토론에 참가했다. 사카야나기 대 류엔 때는 「우등생」을 맡았다.

요시다 켄타
Kenta Yoshida

학년말 특별시험에서 사나다 대 니시노의 제1토론, 사카야나기 대 류엔의 제2토론에 참가했다.

⟨ Classroom of Sakayanagi ⟩

반 리더 **사카야나기 아리스**

2학년 종료 시점의 잠정 반 포인트 **793**포인트

2학년 총평

General Comment of the Second-year

사카야나기 반

1년 총괄

1학년 때 토츠카에 이어서, 생존과 탈락의 특별시험에서 카무로가 퇴학 당했다. 또 카츠라기의 반 이동, 사카야나기의 자퇴 등 이탈자가 많았다. 배신도 있어서 진가를 발휘하지 못한 1년이었다.

특별시험의 대응

상반기는 포인트를 무난하게 늘렸지만, 사카야나기가 빠진 체육대회에 서 크게 떨어졌다. 2학기 후반부터 3학기에 걸쳐 포인트를 전혀 벌어들 이지 못하는 시기가 이어지고 말았다.

반의 강점

학생 개개인의 능력은 학년에서도 상위로, 2년 가까이 A반을 유지해 온 것은 틀림없는 사실이다. 리더의 적절한 지시에 따라 각자 능력을 발휘 하면 강력하다.

앞으로 남은 과제

사카야나기의 자퇴로 C반까지 떨어졌다. 강력한 리더를 잃고 일부 학생 은 포기하는 분위기. 반을 옮긴 아야노코지가 기폭제가 될지 어떨지가 앞으로의 성패를 좌우한다.

3rd Grade & 1st Grade

3학년·1학년

나구모 미야비

Miyabi Nagumo

학 적 번 호
S01T004542

반
3-A

동 아 리
전 축구부

생 일
NO DATA

고도 육성 고등학교를 진정한 실력주의로 바꾸기 위해 학생회장으로서 개혁안을 속속 내놓는다. 문무에 능하고 3학년 모든 반을 지배하는 카리스마도 갖추었다. 전 학생회장인 호리키타 마나부가 눈여겨보던 아야노코지에게 강한 관심을 드러내며 기회가 될 때마다 대결을 제안한다.

이렇게까지 나를 얕본 건 네가 처음이다

아야노코지……

아사히나 나즈나

Nazuna Asahina

학 적 번 호
S01T004570

반
3-A

동 아 리
NO DATA

생 일
1월 6일

나구모와 가까운 같은 반 여학생. 다른 3학년처럼 그를 숭배하는 것은 아니다. 부적을 주워준 인연으로 아야노코지와 안면을 텄다. 문화제 때 프리 오픈에서 다쳐서 아야노코지가 보건실에 데려가 주었는데, 거기서 나눈 대화를 계기로 아야노코지가 나구모에게 관심을 가지게 된다.

키류인 후카
Fuka Kiryuin

학적 번호
S01T004579

반
3-B

동아리
NO DATA

생일
4월 10일

명문 집안 출신이지만, 부모가 깔아준 레일을 걷는 인생보다는 자기 실력을 시험하고 싶어서, 실력이 있음에도 A반 졸업을 고집하지 않는다. 무인도 서바이벌 시험 때 츠키시로와 시바를 상대하는 아야노코지를 도왔다. 가능하다면 유급을 해서라도 아야노코지를 지켜보고 싶은 생각이 들 정도로 그를 높이 평가한다.

그렇게 칭찬하지 마
부끄럽잖아?

키리야마 이쿠토

Ikuto Kiriyama

학적 번호
NO DATA

반
3-B

동아리
NO DATA

생일
NO DATA

학생회 부회장. 원래는 나구모에게 강한 반항심을 품었고, 호리키타 마나부가 뒷일을 부탁한다면서 아야노코지를 소개해 주었다. 하지만 A반 이동 티켓을 약속받아, 3학년으로 올라갈 무렵에는 나구모에게 반기를 드는 것을 단념했다. 어떤 목적을 위해 키류인에게 도둑 누명을 씌우려고 꾸몄다.

네 존재는 방해만 될 뿐이야

아야노코지

아마사와 이치카

Ichika Amasawa

학적 번호
S01T004798

반
1-A

동아리
NO DATA

생일
6월 17일

자유분방한 성격으로 예의가 없고 말을 서슴없이 내뱉어 버리는 탓에 반에서 겉돈다. 사실은 화이트 룸 출신으로 츠키시로가 보낸 자객. 최고 걸작인 아야노코지를 관찰하기 위해 4월 특별시험 때 접근했다.

OAA 평가 〈over all ability〉

4월 시점

화이트 룸 출신으로 학력과 신체 능력이 뛰어나다. 무인도 서바이벌 시험에서는 시바 때문에 다치지만, 그 상태로도 호리키타와 이부키를 동시에 상대할 만큼 격투 실력이 높다. 다만 협조성이 낮고 주변과 잘 어울리지 못한다.

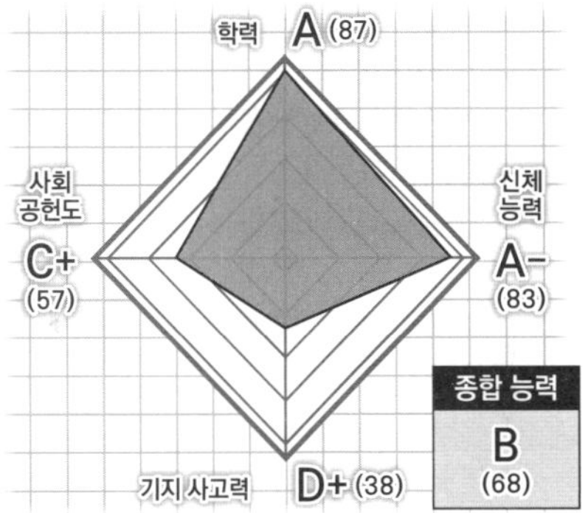

3학년 · 1학년

학 생 조 사 서 〈 student file 〉

명령을 어긴
「숭배의 화이트 룸생」

화이트 룸에서는 아야노코지보다 한 살 어린 5기생. 아야노코지를 퇴학시키기 위해 투입되었지만, 아야노코지를 존경하는 「숭배의 화이트 룸생」이므로 츠키시로의 명령을 어긴다. 아야노코지에게 호의적인 주변 인물에게는 적개심을 품는다.

화이트 룸 동기생 야가미에게는
동료의식을 느낀다

화이트 룸 동기 야가미와는 오랜 인연이어서 동료의식이 있다. 야가미가 퇴학당했을 때는 충격을 받아 얼마간 등교하지 않았다. 야가미 퇴학에 관여한 나구모에게 복수하려고 생각한다.

이시가미 쿄
Kyo Ishigami

학 적 번 호
NO DATA

반
1-A

동 아 리
무소속

생 일
NO DATA

반에서는 리더로 인정받고 있지만, 나서는 성격이 아니다. 같은 학원에 다녔던 칸자키는 그를 천재라고 평가한다. 하타노 퇴학의 원인이 된 인물을 궁지로 모는 등 친구를 생각하는 마음이 깊고 정이 많다. 아야노코지 아츠오미를 존경하지만 부자 갈등에는 중립적인 입장이다.

아야노코지 선생님의 말씀처럼

이 학교를 선택한 것은 정답이었어

야가미 타쿠야

Takuya Yagami

3학년 · 1학년

학적 번호
NO DATA

반
1-B

동아리
NO DATA

생일
NO DATA

붙임성이 좋고 성적이 우수하며 학생회에 속해 있는 반 리더. 본인은 쿠시다, 호리키타와 같은 중학교 출신이라고 하지만, 사실은 화이트 룸 출신으로 아야노코지를 증오하는 「증오의 화이트 룸생」. 쿠시다의 과거를 소재로 치근거리며 장기 말로 삼고, 아야노코지의 퇴학을 꾀한다.

사실은 모두
이미 알고 있잖아요?

츠바키 사쿠라코

Sakurako Tsubaki

학적 번호

S01T004829

반

1-C

동아리

NO DATA

생일

6월 16일

통찰력이 좋고, 뒤에서 우토미야에게 지시를 내린다. 츠키시로에 의한 특별시험(아야노코지의 퇴학)에 대해 아는 한 사람. 무인도 서바이벌 시험에서는 1학년을 지휘해서 아야노코지 포위망을 만든다. 생각할 일이 있을 때는 주위에 들리지 않을 만큼 작은 목소리로 추리하는 버릇이 있다.

우토미야 리쿠

Riku Utomiya

학적 번호
NO DATA
반
1-C
동아리
NO DATA
생일
NO DATA

1학년 C반 리더. 츠키시로에 의한 특별시험(아야노코지의 퇴학)을 아는 한 사람으로, 초반부터 츠바키와 함께 아야노코지에게 접촉을 시도한다. 존댓말을 조금 어려워한다. 같은 반 하타노가 퇴학당한 것이 호우센 탓이라고 생각해서, 무인도 서바이벌 시험 도중에 호우센에게 보복을 꾀한다.

네가 각오했다면

말릴 권리는 나한테 없지

나나세 츠바사
Tsubasa Nanase

학적 번호
S01T004839

반
1-D

동아리
NO DATA

생일
6월 12일

밝고 솔직하고 사교적인 성격. 호우센을 두려워하지 않고 직언을 해줄 수 있어서 그가 폭주하지 않게 옆에서 돕는다. 츠키시로에 의한 특별시험(아야노코지의 퇴학)을 아는 한 사람이고, 무인도 서바이벌 시험에서는 아야노코지에게 함께 다니자고 제안한다.

저는 아야노코지 선배가 사악하고 비열한 사람이 아닐까, 그렇게 생각해요

OAA 평가 〈 over all ability 〉

OAA 평가는 모두 평균 이상이고 종합 평가도 높다. 무인도 서바이벌 시험에서는 아야노코지와 동행했고, 체육대회 때는 배구에서 활약하는 등 신체 능력과 운동 능력도 좋다. 또 호리키타가 학생회장으로 내정됐다는 사실을 알자 학생회 간부에 입후보하여 서기가 된다.

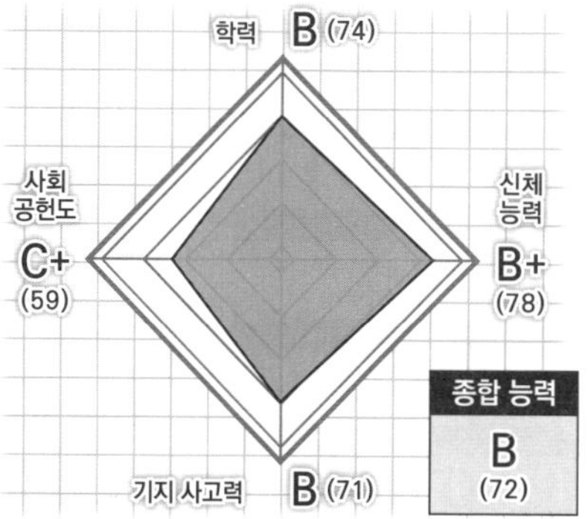

학 생 조 사 서 　　　　　 〈 student file 〉

아야노코지 아츠오미에게 쫓겨난
마츠오의 아들과 오랜 친구

한 살 위인 마츠오 에이치로와 오랜 친구. 아야노코지 아츠오미의 압력으로 미래가 무너진 에이치로의 복수를 하려고 아야노코지에게 접근했다. 에이치로의 인격을 연기하고 에이치로의 생각을 유추해서 그대로 행동할 때는 말투가 남성스러워진다.

아야노코지를 노리는 특별시험에 참가하지만
정말 적인지 알아보려고 하다

츠키시로에 대한 복수심에 불타올라 고도 육성 고등학교에 들어오는데, 무인도 서바이벌 시험 도중에 아야노코지와 화해한다. 그 이후로는 반 아야노코지 세력으로부터 아야노코지를 보호하는 말과 행동을 하기도 하고, 아마사와를 경계하라고 전하기도 한다.

호우센 카즈오미

Kazuomi Hosen

학적 번호
NO DATA

반
1-D

동아리
NO DATA

생 일
NO DATA

1학년 D반 리더. 중학교 때는 류엔과 어깨를 나란히 할 만큼 유명한 불량 학생이었다. 신체 능력이 뛰어날 뿐만 아니라 싸움 경험도 많아서 독재 체제로 반을 장악했다. 신경전에도 능하여, 아야노코지를 퇴학시키기 위해 머리를 굴린다. 이치노세에게 관심 있는 듯하다.

[OTHERS]
다른 학년 학생

3rd and 1st grade

반	이름		설명
3-A	토노카와	Tonokawa	나구모 학생회장 때의 서기. 나구모와 키리야마보다 조금 더 일찍 학생회를 그만두었다.
3-A	미조와키	Mizowaki	마찬가지로 나구모 학생회장 때의 서기. 나구모와 키리야마보다 조금 더 일찍 학생회를 그만두었다.
3-A	타타라	Tatara	보물찾기 게임 때 마츠시타와 한 팀이었기 때문에 그녀와 얽혀 있는 남학생. OAA 평가는 전체적으로 B~C로 평균보다 조금 더 높은 성적.
3-B	에노시마 미도리코	Midoriko Enoshima	케야키 몰의 카페에서 코엔지와 차를 마셨던 여학생.
3-B	키사라즈	Kisarazu	무인도 서바이벌 시험이 끝난 후 여객선에서 3학년 여학생들이 화제에 올렸던 인물.
3-B	키시	Kishi	나구모가 거금을 걸고 특정 학생을 퇴학시키는 놀이 중이라는 소문을 이야기했다.
3-B	미키타니	Mikitani	무인도 서바이벌 시험에서 코엔지를 포위한 3학년 프리 그룹 중 하나를 이끌었다. 그때 나구모에게 좋은 평가를 얻기 위해 키리야마와 의견이 대립했다.
3-C	카츠마타	Katsumata	무인도 서바이벌 시험에서 하위 다섯 그룹의 대표자 중 한 사람.
3-C	시노노메	Shinonome	무인도 서바이벌 시험에서 하위 다섯 그룹의 대표자 중 한 사람.
3-C	스치 모에카	Moeka Suchi	아사히나의 절친. 중대 위반을 범해 퇴학당했다. 별명은 「슷치」.
3-C	미나미카와	Minamikawa	교류회 때 그룹 리더를 맡았던 한 사람.
3-D	안자이	Anzai	키류인에게 쫓기던 야마나카를 감싸준 남학생. 키류인에게 발로 차이고 야마나카를 내놓으라고 압박받았다.
3-D	이키	Iki	교류회 때 그룹 리더를 맡았던 한 사람. OAA 평가에서 학력은 D+.
3-D	카와카미	Kawakami	무인도 서바이벌 시험에서 하위 다섯 그룹의 대표자 중 한 사람.

반	이름		설명
3-D	**타치바나 켄토**	Kento Tachibana	키류인 사건으로 불려 나간 야마나카 대신 아야노코지와 아사히나와 대화를 나눴던 남학생.
3-D	**타테바야시**	Tatebayashi	교류회 때 코엔지가 속한 그룹의 리더.
3-D	**무토**	Muto	무인도 서바이벌 시험에서 하위 다섯 그룹의 대표자 중 한 사람.
3-D	**모미야마**	Momiyama	3학기 초에 퇴학자가 나올 가능성이 있는 특별시험이 있다는 사실을 류엔에게 알려주었다.
3-D	**야마나카 이쿠코**	Ikuko Yamanaka	전형적인 D반 타입으로 OAA 평가도 모든 능력이 평균 이하. 키류인의 가방에 계산 안 된 상품을 몰래 넣으려고 했다
3학년	**오시오**	Oshio	무인도 서바이벌 시험에서 악력 측정을 했었다.
3학년	**오치아이**	Ochiai	무인도 서바이벌 시험에서 리더를 맡았고, 7일 차에 133점으로 4위였다.
3학년	**쿠로나가**	Kuronaga	무인도 서바이벌 시험에서 자신의 그룹이 10위 입상. 시험에서 10위를 계속 유지한 것은 나구모의 지시였다.
3학년	**다나카**	Tanaka	교류회에서 카루이자와가 속한 제7그룹의 리더였다.
3학년	**도미치**	Domichi	3학년 중에 수재로 평가받는 학생. 무인도 서바이벌 시험 때 과제 「영어」에서 코엔지를 웃도는 점수로 1위를 차지했다
3학년	**토쿠나가**	Tokunaga	신체 능력이 B+인 학생. 무인도 서바이벌 시험의 과제 「비치 플래그」에서 나나세와 대결해 패배했다.
3학년	**토미오카**	Tomioka	무인도 서바이벌 시험의 과제 「비치 플래그」에서 첫 경기 때 나나세에게 졌다. 신체 능력은 C+.
3학년	**마스와카**	Masuwaka	무인도 서바이벌 시험에서 나구모와 대화를 나누었던 학생.
3학년	**미조에**	Mizoe	무인도 서바이벌 시험에서 리더를 맡았고, 7일 차에 133점으로 4위였다.
3학년	**모로오카**	Morooka	무인도 서바이벌 시험에서 코엔지를 포위하는 프리 그룹의 일원이었다.
1-A	**아가**	Aga	학생회 임원.
1-A	**코스미 단**	Dan Kosumi	교류회 때 키류인 그룹이었다.

반	이름		설명
1-A	타카하시 오사무	Osamu Takahashi	학력은 C+로 낮은 편이지만, 소통 능력이 뛰어나 다른 반이나 다른 학년에도 친구가 많다. 그래서 의논이 필요할 때 불려 나가는 경우가 많다. 사카야나기와도 반끼리 교섭한 적 있다.
1-A	토요하시 가로	Garo Toyohashi	교류회 때 키류인 그룹이었다. 교류회를 통해 같은 그룹 아야노코지를 존경하게 된다.
1-A	쿠리하라 카스가	Kasuga Kurihara	4월 특별시험 첫날 파트너를 확정한 여학생.
1-A	코니시 테츠코	Tetsuko Konishi	4월 특별시험 첫날 파트너를 확정한 여학생.
1-A	미츠이 아유미	Ayumi Mitsui	무인도 서바이벌 시험에서 츠바키와 같은 그룹.
1-A	토도 린	Rin Todo	교류회에서 나구모 그룹이었다.
1-B	키바야시	Kibayashi	무인도 서바이벌 시험이 끝난 후 여객선에서 프라이빗 풀장을 예약했다.
1-B	야나기 야스히사	Yasuhisa Yanagi	교류회 때 키류인 그룹이었다. 양궁 게임에서 호리키타와 대결해서 졌다.
1-B	에이쿠라 마미	Mami Eikura	교류회 때 키류인 그룹이었다.
1-B	시마자키	Shimazaki	4월 특별시험 때 카루이자와와 팀을 이룬 학생.
1-B	도가미 미츠코	Mitsuko Dogami	무인도 서바이벌 시험에서 츠바키와 같은 그룹.
1-B	하기와라 치하야	Chihaya Hagiwara	교류회 때 나구모 그룹이었다.
1-B	후쿠치 히나노	Hinano Fukuchi	교류회 때 나구모 그룹이었다.
1-B	미야	Miya	취주악부로 사카야나기 반의 사나다와 사귀는 사이.
1-C	이구치 유리	Yuri Iguchi	교류회 때 나구모 그룹이었다.
1-C	카타기리	Katagiri	무인도 서바이벌 시험 때 우토미야가 맡긴 무전기를 호우센에게 건넨다.
1-C	쿠라치 나오히로	Naohiro Kurachi	우토미야의 부탁으로 무인도 서바이벌 시험 때 아야노코지를 공격하는 척했던 학생. 보물찾기 게임에 타구리와 같이 참가했다.

반	이름		설명
1-C	신토쿠 타로	Taro Shintoku	교류회 때 키류인 그룹이었다. 교류회를 통해 같은 그룹 아야노코지를 존경하게 된다.
1-C	하타노	Hatano	1학년 C반 남학생으로 학력 A. 어기면 즉시 퇴학인 페널티 행위를 저질러 퇴학 처분을 받았다.
1-C	나메카와 아즈키	Azuki Namekawa	교류회 때 나구모 그룹이었다.
1-D	오보카타 코키	Koki Obokata	교류회 때 키류인 그룹. 신토쿠와 토요하시가 아야노코지를 존경하게 된 것을 의아하게 여긴다.
1-D	카지와라	Kajiwara	4월 특별시험 때 호리키타가 접촉했던 학생 중 한 명.
1-D	카가	Kaga	D반에서 학력이 높은 편에 속하는 학생.
1-D	시라토리	Shiratori	학력 A인 학생. 4월 특별시험 때 스도와 팀이 되는 대신 50만 프라이빗 포인트를 호리키타에게 요구했다.
1-D	마키타 타카시게	Takashige Makita	무인도 서바이벌 시험 때 츠바키와 같은 그룹.
1-D	미카미	Mikami	카가, 시라토리처럼 학력이 높은 학생.
1-D	오사키 노아	Noa Osaki	교류회 때 나구모 그룹이었다.
1-D	짓테 미소라	Misora Jitte	교류회 때 키류인 그룹이었다.
1-D	모치즈키	Mochizuki	무인도 서바이벌 시험이 끝난 후 여객선에서 프라이빗 풀장을 예약했다.
1-D	타테와키 아오이	Aoi Tatewaki	교류회 때 나구모 그룹이었다.
1학년	네기시	Negishi	학교를 떠나는 사카야나기를 배웅한 아야노코지에게 편지를 건넨 여학생. 편지에는 전화번호와 이니셜 「N」이 적혀 있었다.
1학년	에토	Eto	보물찾기 게임에 참가했던 학생. 그때 호리키타가 필적을 확인했다
1학년	타구리	Taguri	보물찾기 게임에서 쿠라치와 팀이었던 학생.

School Officials & The Others

학교 관계자·그 외

차바시라 사에

Sae Chabashira

담당반
호리키타 반

생일
5월 20일

호리키타 반의 담임. 고도 육성 고등학교 졸업생으로, 졸업을 앞두고 자신의 실수로 A반 졸업을 놓친다. 츠키시로의 꿍꿍이를 알아차리고 뒤에서 몰래 아야노코지를 돕는다. 만장일치 특별시험에서는 과거와 결별하고 정신적으로 성장했다. 남을 대하는 태도가 한결 부드러워지고 학생 상담에도 세심하게 응하게 되었다.

난 이 반을 어떻게 해서든
A반으로 졸업시킬 거다

호시노미야 치에
Chie Hoshinomiya

담당 반
이치노세 반
생 일
2월 1일

이치노세 반의 담임. 고도 육성 고등학교 졸업생으로 학창 시절에는 차바시라, 마시마와 동급생이었다. 자신이 A반으로 졸업하지 못한 것이 차바시라 탓이라고 여기고, 차바시라가 교사로서 A반을 노리는 것을 용납하지 못해서 학교 규칙을 어겨서라도 방해하려고 한다.

마시마 토모야
Tomoya Mashima

> 이번에는 너그럽게 봐주마
>
> 다음부터는 조심해라

사카야나기 반의 담임. 고등학교 시절에 차바시라, 호시노미야와 동급생이었다. 츠키시로의 부정 개입을 예의주시하고 있고, 무인도 서바이벌 시험에서는 그의 농간을 저지한다. 헬스장의 카운터 직원 아키야마에게 호감을 느낀다.

담당 반   사카야나기 반

생일   2월 16일

사카가미 카즈마
Kazuma Sakagami

> 네가 그 불량품이라 불리던
>
> 반을 바꾼 거겠지

류엔 반 담임. 자기 반을 편들려고 하는 경향이 있다. 하지만 호리키타 반의 약진, 아야노코지와 스도의 성장을 솔직하게 칭찬하는 등 교육자다운 측면을 보여주기도 한다.

담당 반   류엔 반

생일   12월 7일

시바 카츠노리
Katsunori Shiba

너는 즉각

퇴장 처리하기로 하지

새로 부임한 1학년 D반 담임. 츠키시로의 협력자로 화이트 룸생의 존재를 알고 있다. 무인도 서바이벌 시험에서 츠키시로와 협력해 아야노코지를 궁지로 내몰려고 한다.

◢ 담당 반 ◣   1-D

◢ 생일 ◣   NO DATA

츠키시로 토키나리
Tokinari Tsukishiro

아야노코지 키요타카를

이 학교에서 쫓아내고 싶어

부정 의혹이 나온 사카야나기 나리모리를 대신해 이사장 대행이 되었다. 아야노코지 아츠오미가 아야노코지를 퇴학시키기 위해 넣은 인물이다. 일부 1학년에게 아야노코지를 퇴학시킬 특별시험을 지시했다.

◢ 직함 ◣   이사장 대행

◢ 생일 ◣   NO DATA

사카야나기 나리모리
Narimori Sakayanagi

> 할 수 있는 일을 하지 못해 막지 못했다는
> 후회는 피하고 싶은 마음이야

고도 육성 고등학교의 이사장. 부정 의혹을 받아 근신 중이지만, 여름방학 때 츠키시로가 학교를 떠나자 다시 이사장으로 복귀했다. 아야노코지 부자의 대립에서 키요타카의 편을 들어주려고 한다.

직함	이사장
생일	NO DATA

아야노코지 아츠오미
Atsuomi Ayanokoji

> 앞으로 1년은 더 하고 싶은 대로 해도 돼
> 그때까지는 일절 간섭하지 않으마

아야노코지 키요타카의 아버지. 아야노코지를 퇴학시켜 데리고 돌아가기 위해, 츠키시로와 화이트 룸생을 자객으로 보내지만 그 진의는 밝혀지지 않았다. 학년말 삼자 면담 때는 어떤 의도를 가지고 참석했다.

직함	NO DATA
생일	NO DATA

[OTHERS]
그 외
School Officials & The Others

오기소
Ogiso

문부과학성 대신. 고도 육성 고등학교에 퇴학의 위험을 두려워하지 말고 운영할 것을 요청했다.

마츠오의 아버지
Matsuo's father

아야노코지 집안의 집사였는데, 아야노코지 아츠오미의 노여움을 사 자살했다고 하는 인물.

나오에
Naoe

전 간사장으로 도내 병원에서 사망했다는 뉴스 보도가 나왔다.

마츠오 에이치로
Eiichiro Matsuo

나나세보다 한 살 많은 어린 시절 친구. 아츠오미의 집요한 밑작업 때문에 진학이 결정된 학교에서 쫓겨나고 고등학교를 그만두었다. 그 후 아르바이트로 생계를 이어 나갔지만, 2월 14일에 목숨을 끊은 것을 발견했다고 나나세가 말했다.

아키야마
Akiyama

케야키 몰에 있는 헬스장의 카운터 담당 직원. 긴 파마머리에 약간 동안이면서도 야무진 인상의 아름답고 어른스러운 여성. 마시마가 호감을 느껴서 아야노코지에게 그녀의 정보를 모아달라고 한다.

코엔지 사장
President Kouenji

코엔지 로쿠스케의 아버지이자 코엔지 콘체른의 사장. 키가 크고 체격 좋은 남자다. 로쿠스케가 아야노코지 키요타카에게 깨지고 A반이 아닌 다른 반으로 졸업할 경우 아야노코지 아츠오미를 독대하기로 약속했다.

이카리
Ikari

만장일치 특별시험의 감독 교사.

사사키
Sasaki

무인도 서바이벌 시험 결과를 발표했던 3학년 A반 담임.

키지마
Kijima

시민당 소속. 현재 내각 총리대신. 고도 육성 고등학교 추진파로, 학년말 특별시험을 지켜보았다. 코엔지 사장은 지지자 중 한 사람.

타카토
Takato

3학년 B반 담임. 보물찾기 게임의 내용을 설명했다.

아야노코지에 대한 인상

쿠시다 키쿄
to Ayanokoji

자신의 본성을 인정
해 주었다.

호리키타 스즈네
to Ayanokoji

인정받고 싶은 상대.

카루이자와 케이
to Ayanokoji

전 연인이지만, 아직
미련이 남아 있다.

코엔지 로쿠스케
to Ayanokoji

자신이 더 완벽한 존
재다. 관심 없다.

사카야나기 아리스
to Ayanokoji

쓰러트려야 할 상대면서 좋아하는 사람.

이치노세 호나미
to Ayanokoji

아야노코지의 본성을 알았다. 비밀 공범.

시이나 히요리
to Ayanokoji

독서 친구. 은근히 좋아하는 마음을 품고 있다.

류엔 카케루
to Ayanokoji

질긴 인연. 쓰러트려야 할 상대.

야가미 타쿠야
to Ayanokoji

미워해야 할 존재.

아마사와 이치카
to Ayanokoji

숭배하는 존재로 관심 대상.

나나세 츠바사
to Ayanokoji

한때는 미워했지만 다 풀었다.

나구모 미야비
to Ayanokoji

실력을 인정하고 있다. 겨뤄보고 싶은 상대.

2학년이 되어 학교생활에 익숙해진
아야노코지와 친구들 그리고 3학년,
새로운 1학년의 사복을 살펴보자.

9.5권
사카야나기
류엔
9.5권
12.5권
호리키타
카무로
9.5권
시이나
9.5권

School Guide

관계자

시민당

시민당 지지율은 높은 수준을 유지하고 있어서 장기 정권을 짐작하게 하는 양상을 띤다. 시민당에서 가장 높은 인물이자 내각 총리대신인 키지마는 예전에 문부과학성 대신을 맡은 적도 있어서, 고도 육성 고등학교의 추진파로 알려져 있다. 시민당이 학교에 미치는 영향력을 무시할 수 없다.

**키지마
내각 총리대신**

오기소 문부과학성 대신

나오에 전 간사장

시 민 당 을 둘 러 싼 인 물

코엔지 사장

**아야노코지
아츠오미**

시민당을 탈당하고 공영당에 들어간 아야노코지 아츠오미. 시민당을 무너뜨리기 위해 아츠오미는 코엔지의 아버지와 접촉한다. 코엔지의 아버지는 시민당의 최대 지지자다. 그의 마음을 움직일 수만 있다면 시민당의 상황이 크게 달라질 것이다. 아츠오미의 의도에 키요타카와 로쿠스케는 과연 휘말릴 것인가?!

도쿄도 고도 육성 고등학교
활동 보고
2학년 편

2학년이 되어 A반을 둘러싼 반 경쟁도 점점 더 격화된다.
그동안 치러진 학교 행사까지 합한
지난 1년간의 궤적을 되짚는다.

신입생과 팀을 이루는 필기시험

1권

4월 ~ 5월

2학년이 된 아야노코지와 아이들. 새 학년을 맞이한 고도 육성 고등학교에서는 나구모 학생회장이 제안한 OAA(over all ability)가 도입되어, 각 학생의 능력을 수치화하여 애플리케이션으로 표시하게 되었다. 그리고 2학년 첫 특별시험 때 이 OAA를 참고하여 1학년이 파트너를 골라 팀으로 필기시험을 치른다. 그런데 신입생 중에 츠키시로 이사장 대행이 투입한 화이트 룸 출신이 섞여 있어서 아야노코지는 그 정체를 알아내야만 했다.

요점   Main points —

Rule 필기시험의 규칙

학년별 반의 승패

◆반 전원의 점수와 파트너 전원의 점수로 도출된 평균점으로 겨룬다.

◆평균점이 높은 순서대로 50포인트, 30포인트, 10포인트, 0포인트의 반 포인트 보수가 지급된다.

개인의 승패

◆파트너와 합한 점수로 채점된다.

◆상위 다섯 팀에 특별 보수로 각 10만 프라이빗 포인트가 지급된다.

◆상위 30% 팀에 각각 1만 프라이빗 포인트가 지급된다.

◆총점이 500점보다 아래일 경우 2학년은 퇴학, 1학년은 가진 반 포인트와 상관없이 세 달 간 프라이빗 포인트가 지급되지 않는다.

◆의도적으로 문제를 틀리는 등 점수를 조작, 낮춘 것으로 판단되는 학생은 학년을 불문 하고 퇴학 처리된다. 마찬가지로 제삼자가 낮은 점수를 강요한 경우에도 그 사람은 퇴학 당한다.

파트너를 결정하는 방법과 규칙

◆OAA를 이용하여 희망 학생을 하루에 단 한 번 신청할 수 있다. (수락하지 않았을 경우 신청은 자정에 리셋된다.)

◆상대가 신청을 수락하면 파트너가 확정되고, 이후 해체할 수 없다.

　※퇴학이나 큰 병 등 어쩔 수 없는 상황은 제외한다.

◆파트너가 확정된 두 사람은 다음 날 아침 8시에 일제히 OAA 상에 정보 표시가 갱신되며, 새 신청을 받을 수 없다.

　※파트너를 이룬 상대가 누구인지는 명기되지 않는다.

◆특별시험 전까지 파트너를 찾지 못했을 경우에는 당일 아침 8시에 랜덤으로 팀이 결정 된다.

　※마감이 끝나 자동으로 탄생한 팀 두 사람은 총점에서 5%의 점수 페널티를 받는다.

◆퇴학으로 인해 2학년 학생 수가 적을 경우, 남은 1학년은 그 학생의 점수를 두 배로 늘려 서 채운다.

　※단, 마찬가지로 페널티 5%가 부과된다.

신입생과 짝을 이루는 필기시험

아야노코지에게 접근하는

미스터리한 신입생 아마사와

봄방학이 끝나고 머리를 짧게 자른 호리키타의 모습에 소란이 일어난 2학년 D반은 차바시라로부터 특별시험 설명을 듣자마자 곧바로 긴장감이 흐른다. 이번 특별시험은 학력과 더불어 소통 능력이 요구되기 때문에, 성적과 사교성에 어려움을 겪는 학생을 반 전체가 도와야 할 필요가 있다. 호리키타는 아야노코지와 같이, 협조적인 1학년을 찾아 나선다.

그와 병행해서 호리키타와 아야노코지의 대결도 진행하기로 했다. 그 내용은 필기시험 과목 중 하나를 대상으로 한 점수 대결. 아야노코지가 이기면 호리키타는 학생회에 들어가야 하고, 호리키타가 이기면 아야노코지는 반을 위해 실력을 아낌없이 발휘하기로 약속했던 것이다.

특별시험을 앞두고 이치노세는 1학년과 2학년의 교류회를 연다. 호리

키타는 교류회 참가자를 이성적으로 관찰하는 한편, 사교성에서는 이치노세와 붙어도 이기지 못하는 만큼 다른 전략을 쓰기로 한다. 1학년에게 말을 걸지만, 많은 프라이빗 포인트를 요구받는다. 정보를 수집하는 사이, 사카야나기 반과 류엔 반이 매수 전략을 써서 머니게임으로 발전할 듯한 현상이 떠오른다. 거기서 호리키타는 머니게임에 뛰어들지 않는 방침을 명확하게 내세웠다.

그러던 중, 호리키타 무리에게 말을 거는 1학년이 나타났다. 1학년 A반 아마사와 이치카였다. 그녀는 요리 실력에 자신 있다면 임의의 학생과 팀이 되어 주겠다고 제안한다. 나중에 아야노코지는 아마사와와 케야키 몰로 향한다. 거기서 페티나이프 등 요리도구와 식재료를 사고, 아야노코지는 자기 방에서 요리하기로 한다. 아마사와가 과제로 낸 요리는 똠양꿍. 아야노코지는 무선 이어폰으로 호리키타로부터 지시를 받아 요리를 완성하고, 아슬아슬하게 통과해서 아마사와와 스도를 한 팀으로 만드는 데 성공했다.

카루이자와는 아야노코지와 연인이 된 후에도 지금까지 그래왔듯 자신의 네트워크를 활용해 정보를 모으는 역할을 맡았다. 아야노코지의 지시로, 케야키 몰에서 페티나이프를 사려 했던 사람을 찾는다. 그 후 카루이자와는 연인답게 아야노코지의 방에서 단둘이 공부하게 된다. 그때 아마사와가 갑자기 찾아와 헤어 고무밴드를 놔두고 갔다면서 안으로 들어온다. 그리고 아야노코지의 눈을 피해 페티나이프를 가지고 나갔다.

호리키타 일행을 계속 도발하는
호우센이 노리는 것은……?

아야노코지가 1학년 C반 우토미야와 츠바키의 제안을 거절한 한편, 호리키타는 1학년 D반 나나세와 계속 만나 의논하면서 같은 D반 간의 협력 관계를 모색한다. 그러나 반을 장악한 호우센을 끌어낼 필요가 있음을 알아차린다. 나나세의 주선으로 호리키타, 아야노코지, 스도는 노래방에서 호우센을 직접 만나지만, 교섭은 난항을 겪고……. 돌아가는 길에 호우센은 호리키타 일행을 기숙사 뒤편으로 유인한 다음 폭력을 써서 상대방에게 불리한 계약을 맺으려고 시도한다. 호우센은 입학할 때 나구모로부터 싸움이 벌어져도 엄격하게 심판하지는 않을 거라는 언질을 받았던 것이다.

중간부터 시비조로 나오며 강경한 협상으로 방향을 바꾼 호우센. 그의 진짜 의도는 아마사와가 아야노코지의 방에서 훔친 페티나이프를 써서 자기 다리에 스스로 상처를 내는 것이었다. 아야노코지의 지문이 묻은 칼로 칼부림이 벌어졌다고 하면 아야노코지는 퇴학을 면치 못할 것이다.

▲ Hosen & Ayanokoji

그런 호우센의 의도를 한발 앞서 간파한 아야노코지는 왼손으로 나이프를 잡으며 제압했다. 그리고 이 상황을 이용해 호우센을 퇴학 위기로 내몬다. 계획이 수포로 돌아갔음을 깨달은 호우센은 대등한 협력관계를 맺고 아야노코지와 파트너가 되는 것을 받아들였다. 아야노코지는 화이트 룸생과 팀이 되는 것만은 피해야만 했는데, 호우센의 행동은 지나치게 눈에 띄었기 때문에 화이트 룸 출신이 아니라고 판단했던 것이다.

그리고 호우센이 간 뒤 나나세는 어떤 것을 고백한다. 극히 일부의 1학

년에게 아야노코지를 퇴학시키면 2,000만 프라이빗 포인트를 주는 특별
시험이 진행되었던 것이다. 요컨대 화이트 룸에서 보낸 자객 이외에도 아
야노코지의 목을 노리는 학생이 있다는 뜻이다. 나나세는 아야노코지가
공격해야만 하는 인물인지 아닌지 아직 지켜보고 있는 중이라고 한다.

반 학생 모두의 파트너가 무사히 결정되고 임한 특별시험은 퇴학자 없
이 마칠 수 있었다.

그 이면에서는 아야노코지와 호리키타의 대결이 동시에 진행되었다.
과목은 수학으로, 아야노코지가 만점을 받으며 승리한다. 어느 과목에서
도 만점을 받은 학생이 없었기 때문에, 이로 인해 아야노코지는 다른 학
생들로부터 더 많이 주목받게 되었다.

해답 \\\\\ Answer —

2학년 첫 특별시험은 1학년과 한 팀을 이루어 치르는 필기시험이다. 총점 500점 아래일 경우 2학년은 퇴학당한다. 학력이 불안한 호리키타 반은 성적 우수자를 찾지만, OAA 때문에 팀 결정에 난항을 겪는다.

▶ 시험 난이도

시험은 최고 난관이라고도 할 수 있지만, OAA에서 학력이 E 근처인 학생이라도 예습 없이 150점 이상은 받을 수 있도록 되어 있다.

학력 E 150점 ~ 200점

학력 D 200점 ~ 250점

학력 C 250점 ~ 300점

학력 B 350점 전후

학력 A 400점 전후

팀

◆아야노코지 키요타카와 호우센 카즈오미
◆쿠시다 키쿄와 야가미 타쿠야
◆카루이자와 케이와 시마자키
◆스도 켄과 아마사와 이치카
◆코엔지 로쿠스케와 나나세 츠바사

▶ 결과를 좌우하는 팀 선정

호리키타 반은 학력이 낮은 사람이 많아서 파트너의 학력까지 낮으면 500점 이하로 떨어질 위험이 있다. 그런 생각을 꿰뚫어 본 1학년 측으로부터 파트너가 되어 주는 대가로 고액의 프라이빗 포인트를 요구받으면서 팀 결정에 난항을 겪는다. 호리키타는 호우센 쪽과 의논해 1학년 D반과 합력 관계를 맺음으로써 특별시험을 극복했다.

▶ 아야노코지가 호우센을 선택한 이유

아야노코지가 다섯 과목에서 100점 만점을 받더라도 1학년 측이 0점을 받으면 500점 이하가 되어 퇴학당하게 된다. 아야노코지는 자신을 위험에 빠트리려고 했던 호우센을 파트너로 선택한다. 호우센이 일부러 0점을 받는다고 해도 자신을 찌른 사실을 학교 측에 알리면 퇴학을 피할 수 있기 때문이다.

1위	사카야나기 반	평균 725점
2위	류엔 반	평균 673점
3위	호리키타 반	평균 640점
4위	이치노세 반	평균 621점

5월~7월

전초전이 된 인재 획득 싸움

아야노코지가 특별시험의 수학 과목에서 말도 안 되게 만점을 받았다. 지금까지 반에서 실력을 숨기고 있었을까, 아니면 부정행위를 저지른 것일까……. 호리키타 반은 소란스러워지지만, 호리키타와 히라타가 기지를 발휘해 아야노코지를 향한 의혹을 거둘 수 있었다. 한편 아야노코지는 화이트 룸생의 존재를 계속 경계하는데, 이렇다 할 움직임 없이 시간만 흘러간다. 그리고 작년과 마찬가지로 여름방학에 무인도에서 특별시험이 있을 예정이라는 공지가 뜬다. 학생들은 시험에 대비해 그룹 멤버를 찾느라 분주해진다.

2권

주목할 캐릭터

무인도 서바이벌 시험의 도입부인 제2권.
주목할 만한 캐릭터를 뽑아 보았다.

[호리키타 반]
호리키타 스즈네

[호리키타 반]
아야노코지 키요타카

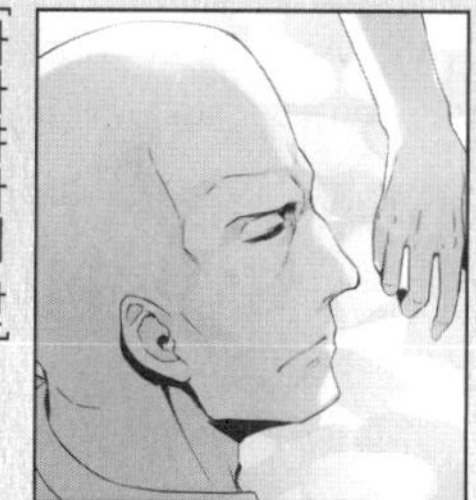

[사카야나기 반]
카츠라기 코헤이

[3학년 A반]
나구모 미야비

[1학년 D반]
호우센 카즈오미

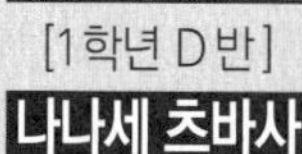

[1학년 D반]
나나세 츠바사

[1학년 A반]
아마사와 이치카

[3학년 B반]
키류인 후카

전초전인
인재 획득 싸움

무인도 서바이벌 시험을 앞둔
수면 밑 신경전

호리키타는 아야노코지와의 수학 시험 대결에서 패배했기 때문에 학생회에 들어가기로 한다. 나구모는 호리키타의 신청을 받아들이고, 여름 무렵부터는 후배와 놀아주겠다며 아야노코지에게 넌지시 선전포고한다.

그날, 아야노코지가 카루이자와와 방 데이트를 즐기고 있는데 또 아마사와가 찾아온다. 교묘한 말로 방에 들어오더니 아야노코지에게 2,000만 프라이빗 포인트라는 상금이 걸린 특별시험에 대해 말해준다. 카루이자와도 듣게 하고, 그러면서 자신은 아야노코지의 적이 아니라고 했다. 이 특별시험의 기간은 2학기 시작 전까지라고 훗날 나나세가 알려준다.

무인도 서바이벌 시험의 개요가 발표되고, 대략 4주간의 그룹 형성 기간에 들어갔다. 아야노코지의 실력을 아는 사람이 조금씩 늘어나 아야노코지는 다양한 권유를 받는다. 가장 먼저 접촉한 사람은 류엔 반의 이시자키와 알베르트, 시이나였다. 열심히 설득에 나서지만, 류엔의 승낙을 얻은 것은 아닌 듯했다. 이시자키의 독단적인 행동이었다.

또, 전부터 아야노코지의 실력을 아는 호리키타 반 마츠시타는 아야노코지에게 같은 그룹이 되자고 한다. 그러나 아야노코지는 그러한 권유를 모두 사양했다. 아무와도 그룹을 짜지 않고 단독으로 무인도 서바이벌 시험을 치를 생각이었던 것이다.

다른 반의 동향으로 눈을 돌리면 사카야나기는 이치노세에게 두 반의 주력끼리 그룹을 짜자고 제안했다. 이는 이치노세와 류엔과 호리키타의 반이 협력해 사카야나기 반을 포위하는 것을 견제한 제안이기도 했다. C반으로 떨어져 더는 뒤가 없는 이치노세의 반으로서도 반가운 제안. 서로의 조건을 조정한 뒤 계약이 이루어지면서, 사카야나기와 이치노세의 반 연합이 실현되었다.

mini topic

아야노코지에게 흥미를 느끼는 키류인

키리야마는 무인도에서 나구모에게 도전할 생각이라면서 그 일을 방해하지 말고 가만히 지켜보라고 아야노코지에게 못 박는다. 그것을 저지한 것은 키류인이었다. 키류인은 고난도 수학 시험에서 만점을 받은 아야노코지에게 흥미를 갖게 되었다고 한다. 그리고 그녀는 나구모에게도 키리야마에게도 협력하지 않고 단독으로 특별시험에 임하겠다고 말한다.

특별시험 직전

카츠라기의 반 이동

1학년은 각 반 대표자가 벌인 격론 끝에 네 반이 협력하기로 겨우 약속했다. 그러나 표면상의 약속과는 별개로, 각자의 의도가 교차한다. 호우센은 아마사와와 나나세를 불러내 세 명이 그룹을 결성하여 무인도 서바이벌 시험 도중에 아야노코지를 퇴학시킬 궁리를 한다.

1학년 B반 야가미는 낯익은 쿠시다를 통해 아야노코지와 접촉해서 아야노코지에게 상금이 걸린 특별시험의 상세한 내용을 밝힌다. 이 특별시험에는 츠키시로 이사장 대행과 나구모 학생회장이 관여하고 있다는 것이다. 또, 이 시험 설명을 들은 1학년은 1학년 A반 타카하시와 이시가미, 1학년 B반 야가미, 1학년 C반 우토미야, 1학년 D반 호우센과 나나세까지 총 여섯 명이었다.

그 후, 아야노코지를 미행했던 1학년 C반 츠바키가 접촉을 시도하고 거기에 우토미야가 합류한다. 페널티 행위로 반에서 퇴학자가 발생했는데 우토미야는 그 원인이 호우센에게 있다고 의심한다는 것이다. 우토미야는 옛날에 아야노코지에게 접근했을 때는 퇴학시킬 생각을 품고 있었지만, 현재는 호우센을 퇴학시키는 데 집념을 불태우고 있는 듯했다.

1학기 종업식을 앞둔 어느 날, 아야노코지는 이시자키를 통해 류엔의 호출을 받는다. 그 자리에는 카츠라기도 불려 나왔는데, 류엔은 카츠라기에게 B반으로 오라고 권유한다. 반 이동에 필요한 포인트가 부족했지만 작년 무인도 시험 때 맺은 계약서를 사카야나기에게 팔아넘기면 부족한 분량을 채울 수 있다고 한다. 처음에는 내키지 않아 하던 카츠라기였지만, 사카야나기에 대한 복수심도 있어서 류엔의 권유에 응해 류엔 반으로 이동할 결심을 한다. 또한 류엔은 아야노코지에게 시련 카드를 팔라고 한다. 아야노코지는 50만에 더하여, 류엔 반의 『반감』 카드를 조건으로 걸고 거래에 응했다.

종업식이 끝나자 마침내 무인도로 출발한다. 아야노코지와 호리키타,

---

mini topic

이케와 시노하라의 사랑의 행방은?

류엔 반 코미야에 대해 조사하던 아야노코지는 이시자키와 니시노를 만난다. 반에서 고립된 니시노를 위해 그룹을 찾고 있다고 했다. 그때 코미야가 특별시험 도중 시노하라에게 고백할 생각이라는 정보를 입수한다. 코미야는 키노시타, 시노하라와 같은 그룹으로 결정되었기 때문에, 아야노코지와 호리키타는 이케의 사기 저하를 걱정했다.

이부키, 코엔지는 그룹을 짜지 않은 채 단독으로 특별시험에 도전하기로 한다. 출발 직전, 코엔지는 호리키타에게 거래를 제시한다. 이번 특별시험에서 좋은 성적을 거두면 졸업할 때까지 완전한 자유를 약속하라고. 호리키타는 1위라면 받아들이겠으며, 1위가 되지 못했을 경우 다음 특별시험 때도 성과를 내는 부대조건을 제시했다. 압도적으로 불리한 조건임에도 불구하고 코엔지는 받아들인다. 이번 특별시험에서 실력을 발휘하기로 약속한 것이다.

츠키시로는 지금까지 아야노코지를 퇴학시키기 위해 갖은 방법을 다 쓰긴 했으나, 고도 육성 고등학교에서 자신의 위치가 그리 오래가지 않을 것임을 알고 있었다. 학생들이 출발 준비를 하는 가운데, 나나세에게 이제 행동을 일으키라고 부추긴다. 출발 전부터 파란이 예상되는 무인도 서바이벌 시험이 마침내 개막한다.

7월

긴박하게 돌아가는 『무인도 서바이벌』

7월 하순, 고도 육성 고등학교 학생들은 초호화 여객선을 타고 무인도로 향했다. 선내에서 이번 특별시험에 대한 규칙 설명을 듣고, 시험 전용 포인트를 써서 저마다 물품을 갖추기로 한다. 2주라는 긴 서바이벌 생활 동안 주어진 과제를 해결해야 하는데, 아야노코지는 자신을 퇴학시키려 하는 1학년, 나아가 츠키시로 이사장 대행의 동향도 경계해야 한다. 그렇게 여객선이 무인도에 닿자마자 전례 없는 규모의 특별시험의 막이 오른다.

3권

요점   Main points

하위 5팀에 퇴학 페널티가 주어지는 본 시험의 개요를 정리했다.

일정

7월 19일	운동장에 집합해 버스를 타고 출발. 항구에서 여객선으로 갈아타고 이동.
7월 20일	특별시험 시작. 시험 설명 및 물품 전달 등.
8월 3일	특별시험 종료. 여객선 내에서 순위를 발표하고, 그에 따른 보수를 지급. ※8월의 프라이빗 포인트는 무인도 시험 결과를 적용한 뒤 지급된다.
8월 4일	초호화 여객선에서 종일 자유 시간.
8월 11일	항구에 도착. 학교에 복귀 후 해산.

Rule 그룹 형성

◆최대 6명까지 대그룹을 짠다.

◆7월 16일 금요일까지 약 4주간, 2학년은 원하는 상대를 두 명까지 선택해 대그룹의 바탕이 되는 최대 3인 소그룹을 형성할 권리를 갖는다.

　※1학년은 4명까지, 3학년은 2학년과 마찬가지로 3명까지 소그룹을 짤 수 있다.

◆그룹은 한 명만 있어도 성립한다.

◆멤버는 같은 학년만 선택할 수 있다. 1학년, 3학년과는 그룹을 짤 수 없다.

◆남녀 혼합일 경우 3분의 2 이상이 여학생이어야 할 필요가 있다. 가능한 그룹 조합은 아래의 7가지 패턴이다.

『남자 1명』『남자 2명』『남자 3명』

『여자 1명』『여자 2명』『여자 3명』

『남자 1명, 여자 2명』

◆한 번 그룹이 확정된 후에는 어떤 이유가 있든 다른 그룹으로 이동할 수 없다.

◆특별시험이 시작되면 소그룹끼리 팀을 이룰 수 있다. 단, 4인 이상인 대그룹은 여자 비율이 50% 이상이어야 한다.

보수

1위 그룹

300 반 포인트
100만 프라이빗 포인트
1 프로텍트 포인트

2위 그룹

200 반 포인트
50만 프라이빗 포인트

3위 그룹

100 반 포인트
25만 프라이빗 포인트

※상위 세 그룹이 얻는 반 포인트는 하위 세 그룹의 학년에서 이동된다.
　반 포인트는 인원에 상관없이 반 수에 따라 균등 분배된다(사사오입).

※상위와 하위 그룹이 둘 다 같은 학년일 경우, 최하위 그룹에 포함된 반은 100,
　하위에서 두 번째는 66, 하위에서 세 번째는 33 반 포인트를 상위에 내야 한다.

상위 50% (1위~3위 포함)에 입상한 그룹

5만 프라이빗 포인트

상위 70%(1위~3위 포함)에 입상한 그룹

1만 프라이빗 포인트

하위 다섯 그룹

퇴학 페널티를 받는다.
단, 600만 프라이빗 포인트를 내면 구제받을 수 있다.

※페널티 포인트는 그룹 인원수로 균등하게 나뉜다.

※시험이 시작된 후부터는 프라이빗 포인트를 빌려주는 것이 금지되어 있기 때문에
　승선 전에 미리 필요한 구제 포인트를 가지고 있을 필요가 있다.

※네 반 혼합 그룹이 하위일 경우, 내야 하는 반 포인트는 최하위 75, 최하위에서
　두 번째 50, 최하위에서 세 번째가 25로 줄어든다.

Rule 카드 개요와 규칙

◆기본 카드, 특수 카드 모두 같은 학년끼리 교환할 수 있다.

◆반 내에서의 교환은 불가하며, 소유자를 한 번 변경하면 다시 교환할 수 없다.

◆같은 카드를 여러 장 써도 효과는 늘어나지 않는다.

카드 일람

기본 카드

선행…… 시험 시작 후 무인도 한정으로 쓸 수 있는 포인트가 1.5배 늘어난다.

추가…… 소유자가 얻을 수 있는 프라이빗 포인트 보수가 2배 늘어난다.

반감…… 페널티 때 내야 할 프라이빗 포인트를 반으로 줄일 수 있다. 이 카드를 소지한 학생에게만 반영된다.

편승…… 시험 시작 후 지정한 그룹의 프라이빗 포인트 보수의 절반을 추가로 얻을 수 있다. 지정한 그룹에 자신이 합류했을 경우 효과는 소멸한다.

보험…… 시험 도중에 컨디션 난조로 실격했을 경우, 소유자는 딱 하루 회복 유예를 얻을 수 있다. 부정행위에 의한 실격 등은 무효로 한다.

특수 카드

증원…… 이 카드를 소유한 학생은 일곱 번째 멤버로 그룹에 속할 수 있다. 본 시험 시작 후부터 효력이 발휘되며, 남녀 비율에도 좌우되지 않는다.

무효…… 페널티 때 낼 프라이빗 포인트가 0이 된다. 이 카드를 소지한 학생에게만 반영된다.

시련…… 특별시험의 반 포인트 보수를 1.5배 늘릴 수 있는 권리를 얻는다. 단 상위 30% 그룹에 들어가지 못했을 경우 그룹은 페널티를 받는다. 또한 증가분의 보수는 학교 측이 보충해 주기로 한다.

※학생 모두에게 시험용 포인트가 5,000점 주어진다.
　무인도 생활에 필요한 물품은 이 포인트로 살 수 있다.

긴박하게 돌아가는
무인도 서바이벌

나나세의 진의를 알 수 없는 동행과
부상으로 실격된 두 사람

초호화 여객선에서 특별시험의 규칙을 설명한 뒤, 츠키시로 이사장 대행은 학생들 사이의 작은 다툼은 어느 정도 용인할 방침이라고 말한다. 사전에 그런 이야기를 듣지 못했던 교사들은 당황하지만, 츠키시로는 발언을 철회하지 않았고, 학생들은 이번 특별시험이 예전보다 가혹하리라는 것을 실감한다.

시험 초반, 아야노코지는 체력을 아끼며 추이만 지켜본다. 그런데 나나세를 몇 번이나 맞닥뜨린다. 나나세는 지정 구역이 똑같은 테이블일 가능성이 있고 아마사와와 호우센이 단독 행동을 시작했다는 이유를 들며 아야노코지와 동행하고 싶다고 한다. 메리트 없는 행동에 수상쩍은 생각이 든 아야노코지는 나나세의 진의를 파악하기 위해 부탁을 받아들인다. 그날 저녁, 스도와 이케, 혼도 그룹과 만나 다섯 명이 캠핑한다. 그렇게 사이가 가까워진 나나세는 이케의 고민을 들어주었다.

한 번 헤어졌던 스도 그룹과 다시 합류해 맞이한 새벽에 긴급 경보음이 은은하게 울린다. 스도 일행과 힘을 합쳐 발생원을 찾아다니다가 쓰러져 있는 코미야와 키노시타를 발견한다. 두 사람 다 왼쪽 다리를 심하게 다쳤다. 의식을 되찾은 코미야의 말에 따르면, 뒤처진 것을 만회하려고 아침 일찍 출발했는데 휴식 중에 키노시타와 함께 벼랑 밑을 내려다보다가 갑자기 종아리에 충격이 느껴지면서 벼랑 아래로 떨어졌다고 한다. 아야노코지는 두 사람이 있던 곳 근처에서 제삼자의 흔적을 확인했는데……

아야노코지와 이케는 코미야 그룹의 멤버인 시노하라를 찾는다. 그리

mini topic

갑작스러운 키스

시험 3일 차 저녁, 아야노코지는 스도 그룹과 합류해 두 번째 캠핑을 한다. 거기서 카루이자와, 시마자키, 후쿠야마 그룹과 만난다. 아야노코지는 카루이자와를 숲속으로 데려가 부탁한 일을 확인한다. 카루이자와는 아야노코지와 나나세가 동행하고 있어서 질투하지만, 아야노코지의 갑작스러운 키스에 마음이 다 풀렸다.

고 시노하라는 누군가가 코미야와 키노시타를 벼랑에서 밀었다고 증언한다. 벼랑 아래에 남아 있던 나나세는 숲속에서 누군가의 기척을 느끼고 뒤를 밟는다. 하지만 그 인물의 특징적인 머리카락 색깔과 형태만 봤을 뿐 놓치고 만다. 잠시 후 차바시라와 사카가미가 의료팀과 함께 달려온다. 부상 상태 때문에 코미야와 키노시타는 탈락. 시노하라의 증언은 증거 불충분으로 받아들여지지 않는다. 시노하라는 남은 시험 일정을 혼자 치러야만 하는 데다 그녀까지 탈락하면 그룹 전체가 실격되고 세 사람은 퇴학당할 위험이 컸다. 코미야는 떠나기 전에 이케에게 시노하라를 부탁하고, 이케 역시 결심하고 시노하라에게 손을 내민다. 아야노코지는 시노하라를 구하기 위한 계획을 실행에 옮긴다.

아야노코지와 류엔과 사카야나기, 같은 학년의 연대

시작 지점으로 향하는 길에 아야노코지는 카츠라기와 류엔을 맞닥뜨린다. 코미야와 키노시타가 탈락한 경위를 말해주자 류엔은 바로 상황을 파악하고 시노하라를 구제하는 플랜이 있는지 묻는다. 류엔과 카츠라기

> *mini topic*
>
> ### 차바시라에게 한 부탁
>
> 아야노코지와 스도 무리가 다친 코미야, 키노시타 옆에 있는데 1학년 그룹이 접근해 온다. 시노하라가 전날 목격했다는 증언과 일치하는 남녀 혼합 4인 그룹으로, 그중에 아야노코지가 아는 사람은 츠바키뿐. 한편, 그 직후에 코미야와 키노시타를 구조하러 온 차바시라에게 아야노코지는 알아봐 주었으면 하는 것이 있다고 귓속말한다.

팀이 아무리 좋은 성적을 거두어도 류엔 반에서 두 사람이나 퇴학자가 나온다면 마이너스가 더 커진다. 시노하라를 구제하자는 부분에서 이해가 일치하여, 아야노코지와 류엔은 손을 잡게 되었다.

코엔지와 줄다리기 대결을 한 후 시작 지점으로 돌아온 아야노코지는 나나세가 과제에 참가한 동안 해변에 있는 사카야나기를 만난다. 거기서 그룹 합류에 관해 어떤 것을 부탁하고, 아야노코지의 의도를 눈치챈 사카야나기는 부탁을 받아들인다. 지금까지 경쟁했던 2학년 모든 반이 비록 일시적이지만 수면 아래에서 연대하게 된 것이다. 또 츠키시로의 동향을 주시하던 마시마는 츠키시로가 자유롭게 섬 안을 돌아다니는 시간이 있다고 아야노코지에게 조언해준다.

GPS 검색 기능을 쓸 수 있게 된 6일 차. 호우센을 제외한 1학년 각 반 대표자는 미리 정했던 장소에 집결한다. 타카하시가 자리를 비운 동안 야가미는 츠바키에게 아야노코지를 퇴학시키는 작전을 물으려고 한다. 그러나 야가미를 의심하는 츠바키는 우토미야에게 야가미를 붙잡으라고 한 다음, 쿠시다에 관해 묻는데…….

시험 7일 차가 되자 그때까지 아야노코지의 결정을 따르던 나나세가 처음으로 이의를 제기하면서 궂은 날씨 속에서 산을 넘는 루트를 주장한다. 인기척 없는 장소로 유도하여 아야노코지를 공격해 싸움을 건다. 자신은 마츠오 에이치로의 어린 시절 친구로, 복수하기 위해 츠키시로의 안내를 받아 입학한 경위를 들려준다.

하지만 그 이면에서는, 아야노코지가 나나세에게 폭력을 휘두르는 순간을 쿠시다가 몰래 동영상으로 촬영하려 하고 있었다. 쿠시다의 약점을 쥔 야가미가 그걸 증거로 삼아 퇴학시키는 작전이었던 것이다. 그러나 아마사와가 쿠시다를 방해해서 아야노코지에게 가지 못하게 막았다. 나나세의 실력은 아야노코지의 발끝에도 미치지 못했고, 아야노코지는 나나세의 공격을 전부 피해 좌절하고 포기하게 만들었다.

그 사건의 전후에, 손목시계가 고장 나 GPS 기능이 작동하지 않게 된 이치노세는 시작 지점으로 향했다. 그런데 도중에 츠키시로와 시바가 밀담을 나누는 현장을 맞닥뜨리고, 위협받는다. 각자의 의도가 얽히고설키며 특별시험은 후반전을 맞이한다.

아야노코지 퇴학을 둘러싼 공방전

7월~8월

나나세의 습격을 물리친 아야노코지는 둘이 서로 적대할 명백한 이유가 없다고 설득하여 나나세와 화해한다. 하지만 그 직후 아마사와가 등장해 자신이 화이트 룸생임을 밝힌다. 대화 내용을 통해 그녀의 출신은 믿게 되지만, 왜 정체를 밝혔는지 아야노코지는 이해하지 못한다. 그리고 7일 차에 폭우로 시험이 중단되고, 그 대신 마지막 날 포인트가 두 배라는 발표가 있었다. 그리하여 라스트스퍼트를 향해 각 진영의 움직임이 활발해진다.

4권

주목할 캐릭터

많은 인물의 의도가 교차하는 무인도 서바이벌 시험.

신경 쓰이는 캐릭터들을 살펴보자.

[1학년 D반 담임]
시바 카츠노리

[이사장 대행]
츠키시로 토키나리

[류엔 반]
류엔 카케루

[사카야나기 반]
사카야나기 아리스

[1학년 C반]
츠바키 사쿠라코

[이치노세 반]
시라나미 치히로

[호리키타 반]
코엔지 로쿠스케

[이치노세 반]
이치노세 호나미

아야노코지의 퇴학을 둘러싼 공방전

아야노코지 포위망과
사카야나기의 지략

아야노코지와 헤어진 나나세는 호우센과 합류했다. 그런데 그때 1학년 C반 카타기리가 무전기를 들고 찾아오고, 호우센은 우토미야와 츠바키와 이야기를 나눈다. 츠바키는 궁지에 몰린 1학년 하위 그룹을 구제하기 위한 작전을 세웠는데, 호우센의 협력이 반드시 필요하다고 주장한다. 상급생 단독 그룹 다섯 팀을 탈락시켜서 1학년 그룹의 퇴학을 막는 것이 목적으로, 그 첫 표적은 상금이 걸려 있기도 한 아야노코지였다. 1학년에서 실력에 자신 있는 학생들이 아야노코지 포위망을 형성하고 호우센과 일대일 상황을 만들어줄 테니 해치우라는 것. 츠바키가 퇴학당할 각오로 자신이 주모자가 되겠다고 했기 때문에 호우센은 그 제안을 받아들인다. 츠바키는 포위망 그룹이 뚫리는 것까지 가정해서 작전을 짰다.

10일 차 밤, 아야노코지는 길을 잃은 시라나미를 보호해 그녀와 같은 그룹인 타케모토와 코바시가 있는 곳으로 데려다준다. 이때 아야노코지는 타케모토가 가지고 있던 무전기로 사카야나기와 연락한다. 츠키시로와 나구모의 현상금 정보를 말해주고 츠키시로 대책에만 집중하기 위해 1학년 쪽을 맡아달라고 부탁한다. 사카야나기는 「빚」이라면서 받아들인다.

무전기로 여러 그룹에 지시하는 전략은 3학년도 활용하고 있었다. 코엔지의 활약을 문제로 여긴 키리야마는 여러 그룹을 써서 코엔지를 방해한다. 가는 곳마다 과제를 독점하여 포인트를 못 벌게 하는 전략을 썼던 것이다.

하지만 코엔지는 3학년들의 거듭되는 실력 행사를 완전히 무시하고, 키리야마와 미키타니로는 코엔지의 기세를 막을 수가 없었다.

순위 정보가 공개되지 않는 13일 차. 마침내 츠바키의 지시로 아야노코지 포위망이 움직이기 시작한다. 그러나 사카야나기의 지시를 받은 2학년 그룹이 1학년 그룹을 각각 막는다. 일단은 츠바키가 노린 대로 아야노코지와 호우센의 일대일 상황이 되었나 싶었는데, 그곳에 모습을 드러낸 것은 류엔이었다. 사카야나기와 『약속』을 나눈 류엔은 용병으로 그녀의 지휘 아래에 들어갔던 것이다.

아야노코지를 보낸 류엔은 호우센과 대치하지만, 압도적인 전투력 앞에서 방어에만 급급하다. 그런데 손목시계를 망가뜨려 GPS 검색에 잡히지 않게 하고 대기한 이시자키와 알베르트가 호우센을 붙잡고, 류엔은 호우센을 때려눕힌다.

그 후, 류엔은 카츠라기에게 그룹을 맡기고 호우센과 동반 탈락했다.

mini topic

아야노코지에게 접근한 미스터리한 인물

코미야와 키노시타가 떨어진 현장에서 제삼자의 발자국을 본 아야노코지. 아마사와가 접촉해 온 후, 비에 사라지기 전에 아마사와의 발자국을 확인했다. 그때 아마사와보다 조금 더 큰 사이즈의 발자국도 발견했다. 아마사와가 말 걸기 직전까지 아야노코지와 나나세가 싸운 현장에 또 다른 인물이 있었다는 추론이 성립하는 것이다.

마지막 날에 깔린

츠키시로 이사장 대행의 함정

시험 마지막 날, 이치노세는 아야노코지를 불러 I2 장소에 츠키시로와 시바가 함정을 만들었다는 사실을 알려준다. 아야노코지는 이치노세가 휘말리지 않게 시험을 치러 돌아가라고 설득한다. 그때 이치노세는 벅찬 감정을 고백한다.

아야노코지는 무전기로 사카야나기에게 도움을 청한 다음, 츠키시로와 시바가 덫을 놓은 포인트로 향하는데, 가는 길에 나구모가 기다리고 있었다. 나구모를 말로 설득하기란 힘들다고 판단한 아야노코지는 나구모의 명치에 기습적으로 주먹을 꽂아 기절시킨다. 그 이후, 3학년은 나구모의 지시를 못 받게 되어 시험 마지막 날에 크게 떨어지는 요인이 된다.

한편 호리키타는 누군가에게 받은 메모가 마음에 걸려, 아야노코지가 걱정되어서 I2로 향한다. 도중에 이부키와 얽히며 동행하는데, 두 사람 앞에 아마사와가 나타나 가로막는다. 호리키타 혼자서는 이길 수 없어서, 그 자리에서 이부키와 그룹을 결성하고 둘 중 하나가 재기 불능 상태가 될 경우 그 자리에서 벗어나 그룹 탈락을 피하는 연대 체제를 구축한다. 당장

은 서로 합이 맞지 않지만, 어떻게든 힘을 합쳐 아마사와를 이긴다. 그런데 아마사와는 아무래도 그 전에 싸움을 한 번 한 모양인지 이미 만신창이 상태였다. 일정 시간 붙잡아둘 수 있었다고 판단한 아마사와는 순순히 길을 터주었다.

> ### *mini topic*
> #### 아야노코지 포위망을 지휘한 츠바키
>
> 아야노코지의 목에 상금이 걸린 특별 시험에 대해 우토미야는 처음에는 난색을 드러내며 방관할 것을 제안했다. 그런 우토미야를 츠바키가 설득해서 동료로 끌어들인 배경이 있다. 츠바키는 1학기 첫 특별시험에서 아야노코지와 파트너가 된 다음 시험을 내팽개침으로써 같이 죽으려고 했다고 말한다. 츠바키가 퇴학을 마다하지 않는 이유는 과연……?

I2에서는 츠키시로와 시바가 기다리고 있었다. 둘이 함께 아야노코지를 때려눕혀 퇴학으로 내몰 작정이었다. 그러나 거기에 키류인이 난입. 아야노코지 대 츠키시로, 키류인 대 시바로 팽팽한 공방전이 이어진다. 그때 I2에 2학년 학생이 쓰러져 있다는 사카야나기의 허위 보고를 받은 마시마와 차바시라가 의료진과 함께 배를 타고 급히 현장으로 향한다. 츠키시로의 특별시험 개입이 발각되어 츠키시로의 노림수는 실패로 끝난다.

시험 종료 후, 여객선에서 사카야나기와 류엔은 『약속』을 확인했다. 또 사카야나기는 이번에 아야노코지를 도와준 것은 「빚」이라면서 언젠가 반드시 진검승부를 펼치기를 희망한다. 시험 결과, 하위로 떨어진 3학년 다섯 그룹 15명은 나구모에게 구제받지 못하고 퇴학이 결정되었다. 그리고 종합 1위에 빛나는 코엔지는 프로텍트 포인트를 획득하고, 호리키타와 한 약속대로 졸업할 때까지 자유로울 면죄부를 손에 넣었다.

해답　　　Answer

　　2주에 걸쳐 진행된 특별시험. 코엔지가 1위를 차지하여 호리키타 반은 300 반 포인트를 획득했다. 그러나 호리키타와의 약속으로 코엔지는 앞으로 졸업할 때까지 완전한 자유를 손에 넣었다. 이제는 코엔지의 협력을 기대할 수 없다.

Rule 무인도 특별시험의 규칙

무인도 특별시험의 개요

◆모든 그룹이 2주간 점수를 모아서 겨루는 서바이벌 시험.

◆기간 내 탈락으로 그룹 멤버 전원이 이탈했을 경우 그 시점에서 그룹은 실격된다.
　※모은 점수는 전부 무효가 되고, 그 시점에서 순위가 확정된다.

◆섬은 가로로 A~J, 세로로 1~10까지 총 100칸의 구역으로 나누어져 있다.

점수 모으는 방법

【기본 이동으로 얻는 방법】

◆하루에 4번 지정 구역이 고지된다(첫날과 마지막 날은 3번이고 랜덤 지정은 없음).
　목표 지점 통과 시간은 오전 7시~9시, 오전 9시~11시, 오후 1시~3시, 오후 3시~5시.

◆지정 구역은 법칙이 있는데, 하루에 3번은 전후좌우 2칸 대각선 1칸 범위 내로 한정되어 있다.
　하루에 한 번은 랜덤으로 지정되며, 어느 지점이 지정 구역이 될지는 알 수 없다
　(랜덤은 지정이 두 번 연속으로 일어나지 않는다).

◆지정 구역에 도착한 그룹순으로 1위가 10점, 2위가 5점, 3위가 3점을 얻는다.
　※착순 보수는 그룹 멤버 전원이 지정 구역에 들어온 시점의 기록을 참조한다.

◆각 시간 내에 지정 구역에 도착하면 도착 보너스로 모두에게 1점이 주어진다.

◆지정 구역 고지 단계에 이미 도착해 있을 경우 한 사람당 1점은 받지만 착순 보수는

무효다.

◆3회 연속으로 지정 구역 도착을 패스하면 페널티. 횟수에 따라 득점이 깎인다.
  (단, 한 번이라도 패스를 중단하면 누적치는 0으로 돌아간다)

▶ *Rule* 손목시계에 관한 개요

◆손목시계를 통해 학교 측이 24시간 건강 상태를 관리한다.

◆파손 등 이상이 감지되면 점수가 들어오지 않는 만큼 체크할 필요가 있다.

◆사용자의 건강에 이상이 생기면 경보로 알려준다. 경고 알람은 무시할 수 있으나, 긴급
  알람이 울렸을 때는 시작 지점으로 갈 것
  (24시간 이내에 도착하지 않으면 탈락 위험 있음).

◆손목시계에는 12가지 테이블이 존재하며, 테이블마다 지정 구역의 순서가 다르다.

◆긴급 알람이 꺼지지 않은 채 5분이 지나면 의료팀이 현지에 급파된다
  (심박 정지, 혈압 급저하 등의 경우 즉시 구조된다).

▶ *Rule* 과제에 관한 개요

◆과제는 오전 7시부터 수시로 나타나며 오후 5시에 종료된다
  (시험 첫날은 오전 10시부터 나타나고, 마지막 날은 오후 3시에 종료된다).

◆과제는 세 종류로 분류되며, 동일한 내용도 복수 출제될 수 있다
  (학력 40%, 신체 능력 30%, 기타 30%).

◆과제 등장 시간은 예측할 수 없다.
  실시 상황을 알려면 현지에 직접 가야 할 필요가 있다.

◆상위 입상자는 득점과 식량, 그룹 인원수의 최대 상한을 늘리는 보수 등이 주어진다.

A B C D E F
1 2 3 4 5 6 7 8 9 10
나나세와 교전 아마사와의 만남.
나나세와 헤어지다
7일 차
8일 차
최종일
5일 차
10일 차
과제『줄다리기』에 참가
6일 차
이부키에게 물을 주고 식량을 받다
2일 차
N W E S
11일 차
시작 지점
1일 차
동행자 나나세가 과제『오픈 워터 스위밍』에 참가

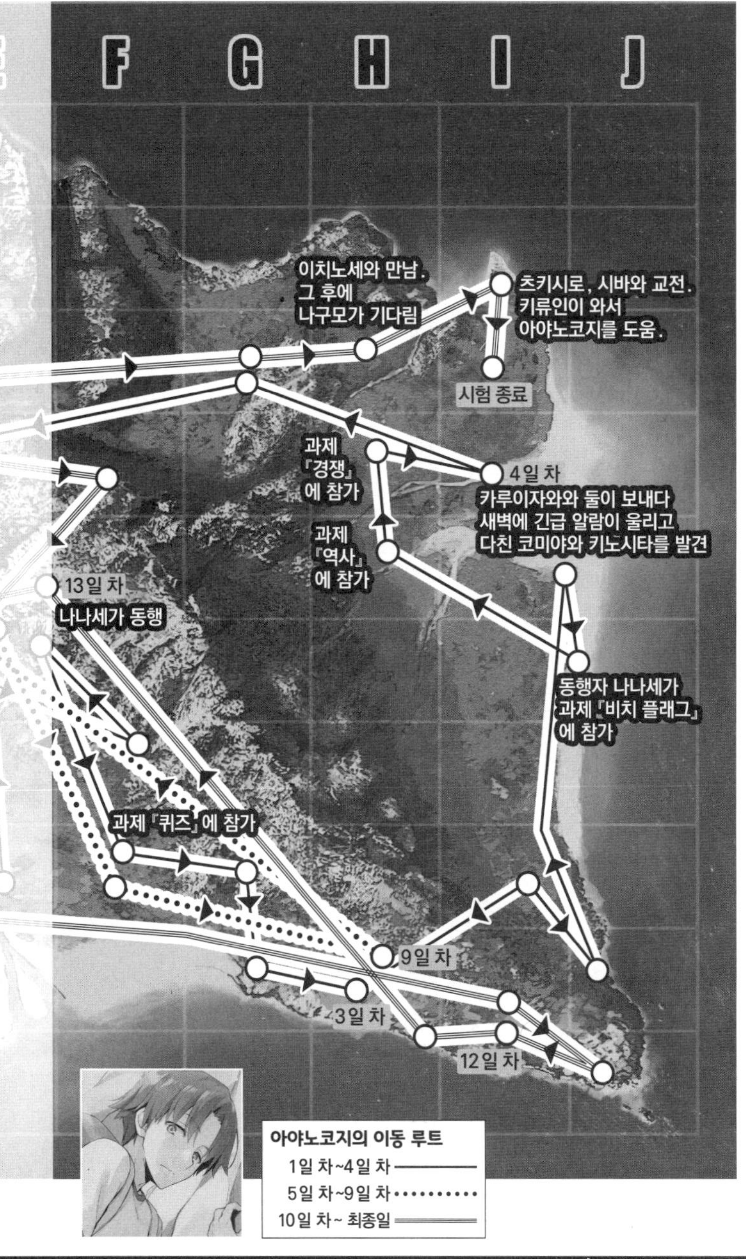

E F G H I J
이치노세와 만남.
그 후에
나구모가 기다림
츠키시로, 시바와 교전.
키류인이 와서
아야노코지를 도움.
시험 종료
과제
『경쟁』
에 참가
과제
『역사』
에 참가
4일 차
카루이자와와 둘이 보내다
새벽에 긴급 알람이 울리고
다친 코미야와 키노시타를 발견
13일 차
나나세가 동행
동행자 나나세가
과제『비치 플래그』
에 참가
과제『퀴즈』에 참가
9일 차
3일 차
12일 차
아야노코지의 이동 루트
1일 차~4일 차 ———
5일 차~9일 차 ··········
10일 차~ 최종일 ═══
/ July – August /

Rule 태블릿에 관한 개요

◆모든 학생에게 지급되는 소형 태블릿

◆무인도의 지도를 열람할 수 있고, 지정 구역과 자신의 현재 위치를 실시간으로 확인할 수 있다.

◆과제의 위치와 상세한 보수 등을 열람할 수 있다.

◆시험 4일 차부터 12일 종료 시까지 상위, 하위 10팀의 득점을 확인할 수 있다 (상위 10팀 하위 10팀과 자신의 그룹에 한해 총점 내역도 열람 가능).

◆6일 차 이후부터 모든 학생의 현재 위치가 열람 가능해지는 GPS 검색 기능이 풀린다 (단, 검색할 때마다 1점이 깎인다).

◆시험에 전체적으로 영향을 미치는 문제가 발생한 경우 등 학교 측으로부터 메시지가 올 수 있다.

◆배터리가 부족할 때는 시작 지점이나 특정 장소에서 충전 가능 (본 시험에서 지도 애플리케이션을 연속 사용했을 경우 가동 시간은 약 8시간).

주요 과제

F8 / 스도 그룹 1위

『퀴즈』

　복수의 장르 중에서 하나의 과제가 출제된다. 참가 조건은 그룹 단위. 12조까지 참가할 수 있다. 보수는 1위가 8점, 2위가 4점, 3위가 2점이다.

J6 / 나나세 츠바사 1위

『비치 플래그』

　단독 참가로 남자 8명 여자 8명 모집. 같은 그룹에서는 한 명밖에 참가할 수 없다. 보수는 1위만 6점을 얻고 경품을 고를 수 있다. 참가상으로 500ml 생수 한 병을 준다.

H5 / 아야노코지 키요타카 1위

『역사』

　참가 인원수는 8조. 총 20문제로 사지선다형. 보수는 1위가 5점과 식량을 받는다.

C5 / 코엔지 로쿠스케 승리

『줄다리기』

　일대일 줄다리기. 출현 시간은 40분으로 짧고, 참가 인원수가 남녀별로 2명까지. 참가만 해도 5점을 받는 데다 이기면 추가로 10점을 더 받을 수 있다.

D9 / 여자: 오노데라 카야노, 남자: 코엔지 로쿠스케 1위

『오픈 워터 스위밍』

　시작 지점에서 골인 지점까지 약 2km를 수영하는 경기. 1위는 20점.

E3/ 도미치 1위

『영어』

~구제 조치~

『경쟁』

　도착한 순서가 그대로 순위다. 1등으로 도착한 학생에게는 생수 2L와 3점. 2등 학생은 생수 1.5L와 2점. 3등 학생이 생수 1L와 1점. 그리고 4등부터 30등으로 도착한 학생에게는 생수 5ml밀리리터.

그룹 순위

1위	327점	**2학년 D반 코엔지 로쿠스케** 300 반 포인트 100만 프라이빗 포인트 1 프로텍트 포인트
2위	325점	**3학년 A반 나구모 미야비 그룹** 200 반 포인트 50만 프라이빗 포인트
3위	261점	**2학년 A반 사카야나기 아리스 그룹** 100 반 포인트 25만 프라이빗 포인트
하위 그룹	3학년 D반 무토 3학년 D반 카와카미 3학년 C반 카츠마타 3학년 C반 시노노메 3학년 B반 미키타니	하위 그룹 총 15명이 퇴학

호화 여객선에서 보내는
여름방학

　무인도 특별시험이 끝나고 학생들은 초호화 여객선에서 여름방학을 만끽했다. 하지만 무인도에서 보낸 이주일은 학생들에게 큰 화근을 남겼다.

　시험 마지막 순간 아야노코지 때문에 기절해서 1위를 놓친 나구모는 3학년을 총동원하여 아야노코지를 감시하기 시작한다. 키류인의 말에 따르면 시험 도중에 있었던 일이 나구모를 작심하게 만들었다는 모양이다. 나구모가 만든 규칙에 따르기로 한 키리야마도 무슨 일이 있었는지 말하라고 아야노코지를 다그친다.

　이치노세 반 여학생들 모임에 낀 일이 있은 후 아야노코지는 시험 도중에 받았던 고백에 답을 주기 위해 이치노세를 불러낸다. 그런데 그곳에 나구모가 모습을 드러낸다. 나구모는 자신의 정보망을 써서 그때까지 주위에 비밀이었던 아야노코지와 카루이자와의 연인 관계를 알아내 이치노세의 앞에서 폭로한다. 게다가 아야노코지에게 무릎 꿇고 빌면 상대해 주겠다고 귓속말한다. 실의에 빠진 이치노세는 아야노코지의 앞에서 뛰어

mini topic

코미야 병문안

아야노코지는 이케와 함께 코미야 병문안을 간다. 그런데 의무실에 먼저 온 손님이 있었다. 류엔을 비롯해, 코미야 반의 아이들이 담소를 나누고 있었던 것이다. 지금까지의 류엔 반에서는 절대 볼 수 없었던 광경. 한편, 류엔 무리가 간 뒤 이케는 시노하라에게 고백해 사귀게 되었다는 사실을 코미야에게 털어놓았다.

가버린다. 정공법이 아닌 나구모의 방식에 아야노코지는 성가신 느낌을 받는다.

류엔은 코미야와 키노시타를 다치게 한 범인 찾기에 나선다. 아야노코지를 제외하고 최초 목격자에게 감시를 붙였다. 그중 한 명으로 선내에서도 이상한 행동을 했던 나나세를 추궁한다. 왜 1학년 C반 쿠라치를 감시했느냐고. 사실 나나세는 시험 7일 차에 아마사와가 자신들 앞에서 사라진 직후, 아야노코지에게는 비밀로 하고 GPS 검색 기능을 써서 주위에 쿠시다와 쿠라치가 있다는 사실을 확인했다. 그 일은 숨긴 채 나나세는 류엔의 지시로 어쩔 수 없이 쿠라치에게 직접 이야기를 듣기로 한다.

처음에는 발뺌하던 쿠라치는 호우센의 이름이 나오자 위축되어 아야노코지를 공격하면 돈을 주겠다는 제안을 우토미야에게 받았다는 사실을 자백한다. 쿠라치에게 이야기를 들은 나나세는 우토미야가 뭘 알고 있을지도 모른다고만 류엔에게 알려준다. 또 우토미야로부터 이야기를 끌어내는 역을 맡겨달라고 류엔을 상대로 당돌하게 교섭한다.

한편, 선내에서 팀을 짠 사토는 반에 민폐 끼치지 않는 사람이 되고 싶다고 말한다. 이케도 열심히 공부하기로 굳게 결심하고, 사토 또한 이미지를 바꿀 각오를 다진다. 모두 이번 특별시험을 통해 변하려고 하고 있었다.

화이트 룸생의
의도

호리키타는 아마사와, 나아가 시험 마지막 날 자기 텐트에 메모를 넣은 인물의 정체를 알아내려고 했다. 협력자로 삼으려고 이부키를 불러냈다가 아야노코지에 관한 인식에 차이가 있다는 것을 알아차린다. 이부키와 정보를 맞춰 보다가 호리키타는 작년 옥상 사건을 알게 된다.

메모는 아마사와가 찢어버리지만, 호리키타는 깔끔한 필적에 주목했다. 그래서 학교 측에 직접 건의해 보물찾기 게임의 운영에 관여하고, 부정을 방지한다는 명목으로 참가자가 학년별로 명부에 이름을 써넣는 구조를 도입하여 더 많은 학생의 필적을 확인할 수 있었다. 그런데 기억하는 필적과 똑같은 것은 발견하지 못했다.

그래서 호리키타는 이용하려면 예약해야 하는 프라이빗 풀장을 찾는다. 그리고 예약표에 적힌 이름 필적도 확인하기로 한다. 그런데 호리키타 다음으로 온 1학년 A반 이시가미 쿄의 필적이 기억 속 필적과 비슷했다. 이시가미를 신경 쓰는 호리키타. 그런 그녀에게 이시가미에 대해 뭔가 아는 투로 말한 칸자키는 이시가미에게 더 이상 관여하지 말라고 경고한다.

그 무렵, 야가미가 아마사와를 불러낸다. 그리고 왜 시험 중에 쿠시다와 쿠라치를 방해해 자기 계획을 망치려고 했는지 같은 화이트 룸생으로서 따져 묻는다. 하지만 야가미는 그녀의 말과 행동을 통해 그녀가 가만히 지켜보기만 하리라는 것을 눈치챘고, 시험 마지막 날 시바가 이미 제재를 가했다는 것을 고려해 그냥 놔두겠다고 한다. 그리고 지금까지는 츠키시로가 성가셔서 호리키타에게 메모를 건네고 움직이게 하는 등 에둘

러가는 방식을 썼지만 앞으로는 화이트 룸생인 것이 들켜도 개의치 않고
아야노코지를 노리겠다고 선언한다.

바캉스도 막바지에 다다른 늦은 밤, 아야노코지는 차바시라와 콘서트
홀에서 몰래 만난다. 차바시라는 다음 특별시험에 대해 언급하면서 반에
관해 질문하고, 그런 후 아야노코지는 피아노를 친다. 연주가 끝났을 때
츠키시로가 모습을 드러낸다. 츠키시로는 그날부로 이사장 대행에서 해
임되었고, 사카야나기 이사장의 복직이 결정되었음을 알린다. 이렇게 해
서 아야노코지를 향한 방해 공작은 줄어들겠지만, 츠키시로는 "『또』 만
납시다." 하면서 왼손을 내밀어 악수한 다음 떠났다.

||| *Check Point*

「아야노코지 vs 1학년」을 축으로

2학년끼리 힘을 합치는 전개

신입생이 입학한 지 얼마 되지 않은 시기에 1학년 각 반 대표자는 나구모 학생회장의 소집을 받고, 거기서 츠키시로 이사장 대행이 특별시험을 낸다. 그것은 2학기 시작 전까지 아야노코지를 퇴학시키면 2,000만 프라이빗 포인트를 주겠다는 내용. 1학년들은 특별시험이라고 설명 들었지만, 사실은 학교 비공인 과제로 1학년 A반에서는 타카하시와 이시가미, B반에서는 야가미, C반에서는 우토미야와 츠바키, D반에서는 호우센과 나나세만 이 과제의 존재를 안다. 또한 아야노코지 아츠오미가 화이트 룸생까지 보내서, 1학기는 「아야노코지 vs 1학년」이라는 대립 구도로 진행된다. 그리고 이면의 특별시험을 아는 사람들은 일찌감치 아야노코지에게 접근하려고 한다.

대립의 하이라이트는 무인도 특별시험으로, 1학년들은 아야노코지 포위망을 형성한다. 아야노코지는 2학년 각 반의 이해관계를 조정하여 협력 태세를 구축한다. 그리하여 2학년을 지휘하는 사카야나기와 1학년을 지휘하는 츠바키의 몇 수 앞을 내다보는 전략성 높은 두뇌 대결이 펼쳐진다. 특히 2학년 측은 류엔이 사카야나기의 지휘 아래에 들어가는, 1학년 때라면 상상도 할 수 없는 전개가 펼쳐진 점도 볼 만하다.

츠키시로의 덫으로 뛰어드는

아야노코지를 돕는 키류인

파트너 필기시험의 수학에서 만점을 받은 아야노코지에게 흥미가 생겼다는 키류인. 무인도 특별시험에서는 3학년 제일의 실력자가 아야노코지를 궁지에서 구하기 위해 모습을 드러낸다. 츠키시로와 시바 대 아야노코지와 키류인의 싸움이 벌어지면서 두 사람은 서로에게 등을 맡기는 모습을 보여준다.

여름방학 종료 시점의 반 포인트
Sakayanagi
사카야나기 반
1206
포인트
Ichinose
이치노세 반
578
포인트
Ryuen
류엔 반
551
포인트
Horikita
호리키타 반
571
포인트

『만장일치 특별시험』

9월

2학기가 시작되자마자 체육대회와 문화제 개최 소식이 고지되었다. 문화제는 고도 육성 고등학교에서 처음으로 시행하는 것이다. 상세한 내용이 발표되자 호리키타는 뭘 할지 반 아이들의 의견을 모은다. 그러나 이렇다 할 결정적인 의견이 없는 외중에, 사토 일행이 특별동을 빌려 프레젠테이션한 메이드 카페 아이디어는 호리키타도 속으로 GO를 외칠 만큼 느낌이 좋았다. 그런데 갑자기 2학년만의 특별시험을 치를 예정이라고 발표한다. 시험 날짜는 발표한 날의 다음 날. 바로 11년 만에 치른다는 만장일치 특별시험이었다.

5권

요점　　　　　　　　　　　　　　　　　　Main points ─

차바시라가 학생 때 경험했던 만장일치 특별시험에 아야노코지와 아이들이 도전한다. 반이 하나가 되면 간단한 특별시험인데…….

Rule 만장일치 특별시험의 규칙

Rule 1
학교 측이 내는 과제에 대해 반 학생 전원이 준비된 선택지에 투표한다.
(출제되는 과제는 총 다섯 문제, 선택지는 최대 네 개)

Rule 2
선택이 만장일치가 될 때까지 같은 과제를 반복한다.

Rule 3
과제 도중에 시한이 지났을 경우 그 과제의 진행 정도와 상관없이 일절 승인되지 않는다.

Rule 4
만장일치로 통과한 과제는 특별시험의 성패와 상관없이 실제 승인된다.

Rule 5
출제된 모든 과제를 끝내면 반 포인트 50점을 얻을 수 있다.

Rule 6
다섯 시간 이내에 모든 과제를 통과하지 못 했을 경우에는 반 포인트를 300점 잃는다.

특별시험의 흐름

①과제가 출제되고 첫 번째 투표(60초 이내)를 한다.

②만장일치가 되면 다음 과제로 넘어가 다시 ①로. 불일치 시에는 ③으로 넘어간다.

③10분간 인터벌.
　(이때 교실 내에 한하여 자유로운 이동 및 논의가 가능하다)

④60초의 투표 시간.
　(논의는 불가능하며 투표만 가능하다)
　(60초 이내에 투표를 끝내지 못한 학생은 누적 페널티를 받는다)
　(누적 페널티가 90초를 초과해버렸을 경우 그 단계에서 퇴학 처분을 받는다)

⑤투표 결과가 발표되어
　만장일치였을 경우 다음 과제로 넘어가 ①로.
　만장일치에 이르지 못했을 경우에는 ③으로 돌아간다.

　이것을 반복하며 다섯 개의 과제를 종료한 시점에서 특별시험은 클리어.

만장일치
특별시험

쿠시다의 의도와
호리키타 · 아야노코지의 쿠시다 대책

만장일치 특별시험에서는 쿠시다의 추천도 있어서 호리키타가 리더가 되어 의논을 주도하기로 했다. 그날, 호리키타는 아야노코지와 특별시험을 앞두고 사전 회의에 들어갔다. 두 사람 사이에서는 어떤 과제가 됐든 첫 선택 때 아야노코지가 1, 호리키타가 2에 투표하기로 약속했다. 이는 원하지 않는 형태로 만장일치가 성립해 버리는 해프닝을 막기 위해서였고, 또 호리키타가 모두의 의견을 듣기 위한 시간을 버는 조치이기도 했다. 그 후, 아야노코지는 호리키타에게는 비밀로 하고 히라타와 카루이자와를 부른다. 특별시험 도중에 호리키타를 뒤에서 몰래 서포트해 달라고 부탁하고, 두 사람만 알 수 있는 방법으로 지시를 내리는 사인을 전달했다. 또 히라타에게는 남은 시간이 얼마 없는 상황에서는 강제적인 수단을 쓸 수도 있다고 못 박아서, 1학년 때 반 내부 투표와 같이 예측할 수 없는 사태도 일어날 수 있음을 각오하게 했다.

시험 당일, 호리키타의 지시 아래 순조롭게 과제를 해결해 나갔고 그 과정에서 호리키타에게 프로텍트 포인트가 주어진다. 그리고 맞이한 다섯 번째 과제는 반 친구의 퇴학과 맞바꿔 반 포인트를 획득하는 무거운 내용. 첫 번째 투표 결과는 찬성 2표. 찬성표에 대한 불신감을 불식시키기 위해 호리키타는 아야노코지와 사전에 약속했다는 사실을 공개하지만, 아야노코지는 이 과제에는 처음부터 계속 반대에 투표했다고 고백한다. 즉, 명확한 의사를 가지고 찬성표를 던지는 사람이 두 명 있음이 드러난 것이다. 그중 한 명은 코엔지였는데, 호리키타는 프라이빗 포인트를 교섭 재료로 써서 거래해 코엔지의 결정을 돌리는 데 성공한다. 나머지 한 사람은 쿠시다였다. 무슨 수를 써서라도 호리키타와 아야노코지를 퇴학시키고 싶은 쿠시다에게 있어서 이번 특별시험은 두 번 다시 없을 기회였다. 쿠시다는 몰래 찬성에 계속 표를 던져, 반 전체가 타협하여 찬성 쪽 만장일치로 기우는 기회를 호시탐탐 노렸다. 그리하여 서로 의심하는 불온한 공기가 교실을 지배한다.

그 무렵, 이치노세의 반도 다섯 번째 과제 때문에 의견이 분분하다. 반에서 누군가를 희생시켜서라도 탐욕적으로 포인트를 모아 A반을 노리는 자세가 중요하지 않은가. 그렇게 칸자키가 문제를 제기하지만, 이치노세를 신봉하는 반 아이들에게 닿지 않고……. 결국 칸자키가 꺾이며 반대표로 만장일치가 되어 시험이 끝난다.

류엔 반에서는 토키토가 류엔에게 반기를 들었다. 류엔과 토키토 중 누가 퇴학당할지 결선 투표가 되는 분위기로 흘러가지만, 모든 것은 류엔의 손바닥 위에서 벌어진 일. 토키토가 고립되어 가는데, 카츠라기가 도움의 손길을 내밀며 퇴학자 없이 시험 종료를 맞이한다. 마지막으로 사카야나기 반은 사카야나기의 지시에 따라 순조롭게 특별시험을 마쳤다.

퇴학을 각오한
쿠시다의 폭주

교착 상태가 계속된 호리키타 반에서는 시간제한이 끝나갈 때쯤 아야노코지가 움직인다. 반대쪽으로의 만장일치는 어렵기 때문에 찬성표로 만장일치를 노리자고 한 것이다. 그리고 마침내 퇴학자가 나오는 싸움에 들어갔다.

시험 전에 야가미에게 팁을 얻고 끝까지 물러서지 않겠다는 결의로 이번 특별시험에 임한 쿠시다는 시험을 주도한 리더 호리키타 그리고 찬성에 투표하라고 분위기를 만든 아야노코지가 책임져야 한다고 주장한다. 이런 쿠시다의 전략으로 인해 찬성표를 계속 던진 사람을 단죄해야 마땅하다는 대전제를 바탕으로 반의 연대가 흔들리기 시작한다.

거기서 아야노코지는 찬성표를 계속 던진 사람은 쿠시다라고 지목한다. 옛날 반 내부 투표 때 자신이 표적이 되었던 일을 언급하고 나아가 자신과 쿠시다의 프라이빗 포인트 거래도 밝힌다. 쿠시다의 본성이 마침내 만천하에 드러난 것이다. 돌변한 쿠시다는 자백하면서 반 아이들

특별시험 전날 아야노코지에게 사카야나기 이사장이 전화를 건다. 2학기 행사는 자신의 복귀 전에 정해져서 바꿀 수 없지만, 최대한 도와주겠다는 것. 또 체육대회에 내빈을 초대하게 되었는데, 그때 아야노코지 아츠오미가 어떤 수작을 부릴 가능성을 고려하여 그날 결석하기를 권했다.

의 비밀까지 폭로하기 시작한다.

그래도 호리키타는 쿠시다에게 두드러진 장점이 있으니 지켜야 한다고 강하게 주장했다. 그렇다면 누구를 퇴학시켜야 하는가……. 호리키타의 의도를 알아차린 아야노코지는 최대한 공평하게 퇴학자를 정하기 위하여 OAA를 참고하는 방법을 제시한다. 그리고 반에 불필요한 인물로 사쿠라의 이름이 거론되는데…….

이에는 아야노코지 그룹 멤버 하세베가 강하게 반대한다. 하지만 사쿠라는 자기가 좋아하는 사람에게 선고받음으로써 오히려 자신이 처한 상황을 받아들일 수 있었고, 자신에게 투표하라고 반에 호소했다. 시간제한 10분을 남긴 마지막 투표에서 호리키타 반은 사쿠라를 퇴학시키기로 만장일치. 아슬아슬하게 시험을 끝낼 수 있었다. 이렇게 해서 호리키타 반은 100 반 포인트를 더했지만, 대신 반 친구를 한 명 잃고 말았다.

해답 \\\\\ Answer

퇴학자를 내고 반 포인트를 얻은 호리키타 반. 그들이 어떤 과제에 어떤 선택을 했는지 정리해 보았다.

주요 과제

과제① / 결과 B반

3학기에 있을 학년말 시험에서 어느 반과 대결할지 고르시오.
(반 계급에 변동이 생겼을 경우에도 이번 선택이 우선된다)

[선택지]
A반(100)
B반(50)
D반(0)

※( ) 안 숫자는 대결에서 승리했을 때 얻을 수 있는 추가 반 포인트

과제② / 결과 홋카이도

11월 하순으로 예정된 수학여행 때 원하는 여행지를 고르시오.

[선택지]
홋카이도
교토
오키나와

과제③ / 결과 1명 골라 주기로 호리키타가 뽑힌다

매달 반 포인트에 따라 지급되는 프라이빗 포인트가 0이 되는 대신 반에서 랜덤으로 정한 학생 3명에게 프로텍트 포인트를 지급한다.

또는 지급되는 프라이빗 포인트가 절반이 되는 대신 임의의 1명에게 프로텍트 포인트를 지급한다.

둘 다 희망하지 않는 경우, 다음 필기시험에서 성적 하위 5명의 프라이빗 포인트가 0이 된다.

※어느 선택지를 고르든 프라이빗 포인트 몰수 기간은 반년간 이어진다

과제④/ 결과 페널티 증가

2학기 말 필기시험 때 아래에서 선택한 규칙이 반에 적용된다.

[선택지]
난이도 상승
페널티 증가
보수 감소

과제⑤/ 결과 찬성을 골라서, 사쿠라 아이리가 퇴학

반 아이 중 한 명이 퇴학당하는 대신 반 포인트 100점을 받는다. (찬성으로 만장일치가 되었을 경우, 퇴학당할 학생을 고르고 투표를 진행한다)

[선택지]
찬성
반대

▶ 각 반 결과

반 학생 한 명이 퇴학당하는 대신 반 포인트를 얻는 것에 찬성하는지 반대하는지 투표하는 과제⑤. 결속력 강한 이치노세 반에서는 반의 상황에 위기감을 느낀 칸자키가 퇴학자를 만들어서라도 반 포인트를 얻어야 한다고 주장했다. 그러나 마지막에 가서는 포기하고 반대로 만장일치. 류엔 반도 류엔에게 반기를 든 토키토 때문에 시간은 걸렸지만, 반대로 일치. 반 포인트에서 독주 상태에 있는 사카야나기 반은 퇴학자를 만들면서까지 반 포인트를 획득할 필요가 없었기 때문에 반대로 일치하여 네 반 중 가장 빨리 특별시험을 마쳤다.

9월~10월

한층 돈독해진 관계로 맞이한 체육대회

6권

만장일치 특별시험에서 100 반 포인트를 획득한 호리키타 반은 B반으로 올라간다. 하지만 그 대가는 커서, 쿠시다의 폭로로 반 내 인간관계에 큰 균열이 생겼다. 또 쿠시다를 선택한 결과 사쿠라가 퇴학당하면서 호리키타에 대한 불신감도 거둘 수 없었다. 게다가 시험 다음 날부터 쿠시다, 왕, 하세베는 학교에 나오지 않는다. 반 아이들이 분열된 상태로 체육대회가 다가온다. 호리키타와 아야노코지는 각자 반의 문제에 대처해 나가는데……

호리키타 반은 만장일치 특별시험 때문에 많은 문제가 생기고 말았다. 하지만 이번 체육대회는 다양한 부분에서 1학년 때와는 다른 점이 많기에 반의 문제를 해결해 나가면서도 체육대회 준비를 게을리할 수 없다.

Rule 체육대회의 개요 및 규칙

개요
여러 가지 종목으로 이루어진, 전 학년 참가형 체육 제전.
개최 시각: 오전 9시부터 오후 4시까지 (정오부터 오후 1시까지는 휴식 시간이다).
학생들은 자유롭게 선택한 종목에 참가하여 기본 점수를 획득하고, 종합 득점을 반 단위로 겨룬다.

Rule 1
시작할 때 학생 한 명당 기본 점수 5점을 받는다.

Rule 2
체육대회에 참가하는 학생은 다른 경기 다섯 종목에 참가해야 한다.

Rule 3
종목마다 참가상으로 기본 점수 1점이 주어진다.

Rule 4
입상자는 종목 내용에 따라 추가로 기본 점수를 받을 수 있다.

Rule 5
여섯 종목 이후부터는 1점씩 내야 참가 가능.
(참가상 1점은 받을 수 없다)

Rule 6
참가 가능한 종목은 일 인당 최대 열 종목까지.

Rule 7
참가 경기 수가 다섯 종목 미만으로 체육대회가 끝났을 경우, 획득한 점수는 전부 몰수된다.

Rule 8
엔트리가 다 찬 경기에 어쩔 수 없는 이유를 제외하고 불참가하거나 기권할 경우 2점을 잃는다.

Rule 9
경기를 끝낸 학생은 정해진 몇몇 지정 구역에서 응원할 것.

보수

반별 순위 보수

- ♛ 1위 **150 반 포인트**
- 2위 **50 반 포인트**
- 3위 **0 반 포인트**
- 4위 **마이너스 150 반 포인트**

개인전 보수(학년, 남녀별)

- ♛ 1위 **200만 프라이빗 포인트 또는 반 이동 티켓(한정적)**
- 2위 **100만 프라이빗 포인트**
- 3위 **50만 프라이빗 포인트**

남녀 1위는 200만 프라이빗 포인트 혹은 반 이동 티켓 중 하나를 선택할 수 있다.

▶ 반 이동 티켓(한정적)

권리를 행사할 수 있는 것은 2학기에 한한다. 즉 3학기가 시작되기 전까지 행사하지 않으면 무효다. 한정적이라는 말은 사용 기간을 의미한다.

▶ 경기 참가 방법

경기에 참가하려면 전용 앱으로 예약해야 한다. 참가할 경기를 고르는 선착순 방식으로, 체육대회 이틀 전까지는 예약할 수 있다. 누가 어느 종목, 어느 시간대에 들어갔는지 실시간으로 반영되기 때문에 불리하다고 판단된다면 취소할 수 있다. 취소는 3회까지. 또한 체육대회 당일에도 자리가 남아 있으면 엔트리에 들 수 있으며, 당일에 공개되는 경기도 있다.

한층 돈독해진 관계로 맞이한
체육대회

호리키타 반이 직면한 다양한 문제를 해결하기 위하여 히라타는 카루이자와를 끼워 아야노코지에게 상의할 기회를 마련했다. 그 자리에서 아야노코지는 반의 미래를 생각한다면 상의는 리더 호리키타에게 먼저 하는 과정을 거치는 게 중요하다고 말한다. 스도도 아야노코지에게 상의하면서, 험담했다는 사실을 폭로 당한 시노하라와 이케의 사이를 회복시켜 주고 싶다고 한다.

쿠시다, 왕, 하세베가 5일 연속으로 결석한 날, 호리키타는 쿠시다의 마음을 움직일 돌파구를 모색했다. 그러다가 체육대회의 개인 경기에서 직접 대결을 미끼로 던지며 이부키를 끌어들인다. 이부키의 강제적 수단으로 쿠시다의 방에 쳐들어가서, 계속 등교하지 않을 작정이었던 쿠시다의 마음을 돌린다. 자신의 능력은 자기를 위해 쓰면 된다고 설득하고 서로 한 차례 뺨을 꼬집은 후 화해했다.

히라타를 좋아하는 마음이 들킨 왕은 결심하고 아야노코지에게 도움을 청한다. 아야노코지는 듣기 좋은 말뿐만이 아니라 반에 민폐를 끼치고 있다는 점도 지적한다. 히라타가 자책하고 있을 거라고 말하자 왕은 등교하겠다고 약속한다. 왕이 돌아간 후 아마사와가 아야노코지의 방을 찾아와 안을 살피고, 다른 화이트 룸생의 폭주를 조심하라고 말한다.

미야케를 통해 하세베가 등교하겠다는 뜻을 전하면서, 다음 주부터는 세 사람 모두 출석했다. 카루이자와와 마츠시타 무리, 시노하라의 불화도 이케가 남자친구 역할을 잘 해내며 화해시키고, 하세베는 아직 감정이 남아 있긴 하지만 반이 겨우 체육대회 준비에 들어갈 태세를 갖추게 되었다.

호리키타는 다시 한번 리더로서 반을 승리로 이끌기 위해 어떤 전략을 실행에 옮긴다. 바로 류엔 반과의 협력이다. 호리키타가 아야노코지를 노래방에 데리고 가자 거기에 카츠라기와 류엔도 모습을 드러낸다. 호리키타는 류엔에게 조금도 양보하지 않는 교섭을 하고, 카츠라기를 활용함으로써 아야노코지를 경계하는 류엔과 약속을 맺는다. 아야노코지는 호리키타와 류엔이 서로 협력하는 둘도 없는 기회라고 먼저 서론을 깐 후 어떤 『다른 건』을 제안한다. 류엔도 그 제안을 받아들였다.

스도와 오노데라의 활약으로

호리키타 반이 약진

체육대회 당일, 나구모와의 대결 제안을 받아들였던 아야노코지는 병결로 학교에 나오지 않는다. 사카야나기 이사장에게 제안을 받아들이겠다고 전하면서 딸 아리스가 화이트 룸생과의 싸움에 휘말리지 않게 하라고 조언한다. 이는 사카야나기가 체육대회에 참가하지 않게 만들려는 책략이었지만 사카야나기는 호기심 때문에 기꺼이 함정에 걸려 학교를 쉬고 아야노코지의 방을 찾는다. 둘만의 시간을 보내고 있는데 초인종이 울린다. 그리고 예전에 늦은 밤 전화로 아야노코지의 이름을 불렀던 인물이 문 너머에서 충고한다. 또한 자신은 중립임을 밝힌다. 사카야나기는 이 인물의 목소리가 낯익은 듯했다.

체육대회에서는 호리키타 반과 류엔 반이 약진했다. 그 원동력은 스도와 오노데라였는데, 출전한 대부분의 경기에서 1위를 차지하는 활약상을 펼쳤다. 팀으로 도전한 테니스에서는 호우센의 난폭한 플레이에 고전했지만, 오노데라가 스도에게 분노 다스리는 법을 전수해주어 그 덕분에 스도는 냉정을 유지하면서 승리한다. 기세를 탄 스도와 오노데라는 최종적으로 개인 성적 남녀 1위를 차지한다. 호리키타도 이부키와 개인 경기에서 대결을 펼치며 순조롭게 포인트를 벌었고, 배구에서는

> 만장일치 특별시험에서 퇴학이 결정된 사쿠라가 시험 후 퇴학 절차를 밟는 얼마 안 되는 시간 동안 5,000 프라이빗 포인트를 쓴 흔적이 있었다. 학교 측은 의심의 눈길을 보내지만, 한정된 시간에 사쿠라가 스스로 낸 답이어서 아야노코지는 그 뜻을 존중하고 자신이 포인트를 대신 내겠다고 차바시라에게 부탁한다.

이부키와 쿠시다와 즉석에서 팀을 결성해 나나세, 아마사와가 있는 1학년 팀을 쓰러트리고 1위를 차지한다.

류엔은 이시자키를 움직여 A반 주력의 경기 엔트리를 방해하고, 신체 능력이 뛰어난 1학년을 대전 상대로 준비하기도 하는 등 변함없이 반칙에 가까운 수단을 동원해가며 라이벌이 포인트를 벌지 못하게 한다.

최종 결과는 호리키타 반이 학년 1등이고, 사령탑이 빠진 사카야나기 반은 꼴찌가 된다. 그래서 두 반의 차이는 이 체육대회만으로도 300포인트나 줄어들었다. 아야노코지는 호리키타를 중심으로 한 반의 성장을 인정하고, 언젠가는 자신이 이 반을 떠나 적이 되어서 호리키타를 무너뜨릴 결의를 몰래 다진다. 한편, 체육대회에서는 얌전히 있었던 하세베는 반에 복수를 다짐했다.

해답   Answer

호리키타 반은 스도와 오노데라의 활약도 있어서 좋은 성적을 거둘 수 있었다. 반면 리더가 빠진 사카야나기 반은 150 반 포인트를 잃고 만다. 체육대회의 반 포인트와 주요 경기 결과를 되돌아보자.

▶ 호리키타 반과 류엔 반의 연대

사카야나기 반을 쓰러트리기 위해 호리키타 반은 류엔 반과 협력하기로 한다. 체육대회는 전 학년 대결과 학년별 대결로 나뉜다. 그래서 단체전에서 이기면 참가자 전원이 똑같은 점수를 받는 규칙을 최대한으로 이용하기 위한 협력 관계였다. 류엔 반을 선택한 이유는 믿을 만한 이치노세 반보다 신체 능력이 뛰어난 학생이 많기 때문이었다.

주요 경기

100m 달리기 / 개인전
첫 경기에 호리키타와 이부키가 출전.
호리키타의 승리.

허들 경주 / 개인전
1위 호리키타

줄다리기 / 단체전
호리키타가 출전해 3위 입상.

멀리 뛰기 / 개인전
호리키타와 이부키가 출전.
호리키타의 기록은 5m 79cm.
이부키의 기록은 5m 81cm.

탁구 / 복식

평균대 / 개인전

호리키타가 출전. 이부키는 출전 예정이었으나 엔트리에 들어가지 못해 불출전.

셔틀 런 / 개인전

배구 / 단체전

전 학년 참가형 남녀별 경기.
6명이 팀을 이루어 출전한다.
1위 호리키타, 이부키, 쿠시다, 록카쿠, 후쿠야마, 히메노 팀.
2위 나나세와 아마사와 팀

테니스/ 남녀 혼합 복식

4포인트 1게임
3게임 중 2게임 선취 시 승리
스도 & 오노데라 VS 호우센 & 1학년
여학생은 스도 & 오노데라가 승리.

결과와 보수

개인전

♛ 남자 1위 **스도**
♛ 여자 1위 **오노데라**
스도와 오노데라 모두 200만 프라이빗 포인트를 선택.

반 순위

♛ 1위 **호리키타 반**　　150 반 포인트
　 2위 **류엔 반**　　　　50 반 포인트
　 3위 **이치노세 반**　　0 반 포인트
　 1위 **사카야나기 반**　−150 반 포인트

음모와 책략이 소용돌이치는 문화제

11월

2학기 중간고사에서 스도가 11위에 들면서 모두 그 결과에 자극을 받는다. 그렇게 중간고사가 끝나고, 고도 육성 고등학교의 첫 문화제가 다가온다. 호리키타와 아야노코지는 정보 누설에 세심한 주의를 기울이며 준비해 나갔는데, 출점 장소가 정해진 단계에서 류엔이 배신하고 일방적으로 협력 관계를 끊는다. 그리하여 호리키타 반이 메이드 카페를 한다는 정보가 전교에 퍼지고 만다. 게다가 하세베와 미야케가 반에 복수하려고 하기도 해서, 내우외환의 상태로 문화제를 맞이하게 되는데……

7권

요점　　　　　　　Main points —

　고도 육성 고등학교에서 처음으로 개최되는 문화제. 문화제 준비에 쓸 수 있는 포인트가 지급되어, 그 포인트 내에서 손님을 모을 부스를 결정한다. 전 학년이 매출을 놓고 순위를 겨루는데, 상위 반에 반 포인트가 주어진다.

Rule 문화제 개요

◆2학년에게는 반마다 문화제 준비에만 쓸 수 있는 프라이빗 포인트를 학생 일 인당 5,000 포인트씩 지급하며, 그 범위 내에서 자유로이 활용할 수 있다(1학년은 5,500포인트, 3학년은 4,500포인트의 초기 비용).

◆학생회 봉사 등 사회 공헌, 동아리에서의 활약 등에 따라 추가 자금이 지급된다 (자세한 내용은 확정 후 다시 반별로 발표한다).

◆초기 비용과 추가 자금은 최종 매출에 반영되지 않으므로 사용하지 않았을 경우 그대로 몰수된다.

◆1위에서 4위까지의 반에는 반 포인트 100점을 지급한다.
5위부터 8위까지의 반에는 반 포인트 50점을 지급한다.
9위부터 12위까지의 반에는 반 포인트에 변동 없음.

▶ 추가 자금

　활동에 따라 추가 자금이 지급된다. 호리키타 반은 스도와 오노데라가 동아리에서 활약하고 있고 호리키타가 학생회 임원이기 때문에 각각 10,000포인트를 받았다. 각 반의 종합 보너스 포인트는 호리키타 반이 39,400포인트. 류엔 반은 17,000포인트. 이치노세 반은 26,600포인트. 사카야나기 반은 18,800포인트다.

음모와 책략이 소용돌이치는
문화제

호리키타 반과 류엔 반의
부스 대결 분위기

이미 A반 졸업이 확정적이라서 여유가 있는 3학년 A반은 문화제를 앞두고 학생들을 대상으로 '미로찾기 귀신의 집'을 선공개했다. 거기서 아야노코지는 칸자키를 만나고, 이치노세 반이 점점 무너지고 있음을 느낀다. 나중에 칸자키를 히메노와 대면시키면서 변할 필요가 있는 것은 이치노세가 아니라 반의 의식이라고 주장하자, 칸자키와 히메노는 진심을 서로 터놓는다. 그리고 두 사람은 이치노세 반의 현 상황을 바꾸기 위해 같은 편이 되었다.

아야노코지는 선공개 때 다친 아사히나를 보건실로 데려가고, 그녀와의 대화를 통해 심경에 변화가 찾아온다. 그전까지 관심 없었던 나구모에게 흥미가 생겨서 그와 승부를 펼치기로 한 것이다. 나구모는 아야노코지의 이야기를 자세히 알아본 다음 그 감언이설에 기꺼이 넘어가기로 결정한다.

한편 나구모는 자신의 나쁜 소문을 퍼트리는 인물이 있는 것에 불쾌감을 느끼고 범인 색출에 나선다. 그러던 중 학생회 의사록에서 야가미의 필적을 본 호리키타는 무인도 서바이벌 마지막 날 메모를 넣은 인물이 야가미가 아닌지 의심한다. 의심한다는 사실을 눈치채지 못하게 얼버무리면서 나구모 앞으로 보내는 익명의 러브레터를 야가미에게 맡긴다. 그 야가미에게 쿠시다는 자신의 과거를 퍼트리지 말라고 못 박는다. 하지만 자신은 야가미를 막을 수 없다는 사실도 자각하고 있었다.

문화제 당일, 많은 학교 관계자가 내빈으로 초대됐지만, 미리 우려했던 아야노코지 아츠오미와 츠키시로의 방해 공작은 없었다. 그렇게 안 아야노코지는 특별동으로 향하던 도중, 다른 교사와 이야기를 나누는 마시마를 맞닥뜨린다. 거기서 아야노코지는 규칙에 나와 있지 않은 특수한 경우에 대해 물어본다. 그리하여 교사의 협력을 얻으려면 1시간에 10만 프라이빗 포인트가 필요하다는, 문화제용으로 마련된 비밀 규칙을 확인했다.

도하기가 무섭게 작업 중인 아야노코지에게 누군가가 종이쪽지를 건넨다. 거기에는 전화번호와 함께, 데리러 왔다는 내용이 적혀 있었다. 그런데 어떻게 할지 선택지를 본인에게 맡긴 부분에 아야노코지는 위화감을 느낀다.

류엔 반의 일본 전통 복장 콘셉트 카페가 호리키타 반의 메이드 카페와의 대결을 전면에 내세운 전단지를 배포하자, 아야노코지도 같은 내용의 전단지를 뿌린다. 그래서 우연치 않게 내빈들은 대부분 두 반의 대결에 주목하게 된다.

하세베에게 한 설득과
야가미의 퇴학

대성황인 메이드 카페에서 쿠시다가 다방면으로 맹활약을 펼치고 있는데 아마사와가 데리고 가버린다. 쿠시다가 만장일치 시험 때 억지로 반을 휘말리게 하는 소동을 일으켰던 것은 누군가에게 약점을 잡혔기 때문. 아야노코지는 아마사와의 행동을 보고 그것을 간파한다. 그리고 배후에 다른 인물이 있음을 지적하고 아마사와를 제압해 쿠시다를 궁지에서 구

> ● *mini topic*
>
> **아야노코지 감시망을 역이용하다**
>
> 아야노코지가 문화제 때 하세베와 쿠시다가 있는 곳을 바로 알아낼 수 있었던 것은 나구모의 도움 때문이다. 자신에게 쏠린 감시망을 역이용함으로써 문화제 동안 일어난 사건에도 바로 대처할 수 있었다. 문화제가 끝난 후 아야노코지는 나구모에게 전화를 걸어 도와줘서 고맙다고 말한다.

해낸다.

그 후, 아야노코지는 메이드 카페에 참여하지 않는 하세베와 미야케를 만난다. 문화제를 끝까지 지켜본 후 학교를 그만둬서 반 포인트에 타격을 주는 식으로 복수하는 것이 하세베의 노림수. 그런데 아야노코지가 가지고 온 종이 상자를 열자 거기에 메이드복이 들어 있었다. 사쿠라가 만장일치 특별시험 후 얼마 없는 시간에 아야노코지 앞으로 발송한 것인데, 하세베가 문화제에 참여하지 않을 가능성을 알아차리고 한 조치였다. 사쿠라를 감쌀 대상으로만 여겼던 하세베는 받아들이지 못하지만, 그때 쿠시다가 모습을 드러낸다. 퇴학 후 사쿠라가 예전 예명인 「시즈쿠」로 SNS를 다시 시작하고 아이돌을 꿈꾸며 긍정적으로 다시 시작하는 모습을 보여주자 하세베는 오열하면서 자퇴를 단념하고 반에 협력하겠다고 한다.

1시간이 남았을 무렵, 아야노코지는 학교 측에서 문화제용으로 마련한 비밀 규칙을 이용하여 차바시라에게 메이드복을 입히고 라스트스퍼트를 올린다. 같은 시각, 호리키타는 의사록을 확인하려고 학생회실로 향하고, 거기에 야가미가 모습을 드러낸다. 야가미를 감시하던 이부키가 위험을 느끼고 야가미를 구속하는데, 소문의 출처를 쫓던 나구모, 나아가 코미야와 키노시타를 습격한 인물을 쫓던 류엔과 당사자들, 교사 마시마와 사카가미까지 학생회실에 온다. 아야노코지가 가짜 러브레터로 놓은 덫에 걸린 야가미는 지금까지 저지른 나쁜 짓을 자백한다. 그리고 폭주해서 이부키와 마시마에게 폭력을 휘두르지만, 그때 아마사와 내빈으로 온 화이트 룸 관계자가 달려오자 전의를 상실하고 순순히 연행되어 간다.

문화제가 끝난 후 하세베와 미야케는 모두에게 사과한다. 호리키타 반은 매출 1위를 기록하고 류엔 반의 결과는 2위였다. 그 자리에서 호리키타는 사실 류엔과 결탁했으며 메이드 카페 정보가 사전에 누설됐던 것은 두 반의 대결 분위기를 연출하기 위한 전략이었다고 털어놓는다. 체육대회 전에 노래방에서 아야노코지가 제안했던 『다른 건』이란 바로 이 일이었다.

편지 한 통으로 야가미를 퇴학시킨 아야노코지는 방과 후에 츠바키를 만나고, 뒤에서 도와주었던 인물의 존재를 알게 된다. 예전에 문 너머에서 충고해 주었던 그 남자였다.

해답 Answer —

호리키타 반은 메이드 카페를 연다. 점장을 맡은 아야노코지의 기획과 전략이 멋지게 먹히며 1위에 빛났다.

▶ 매출

학교 운영 관계자들과 그 가족이 초대받는다. 케야키 몰과 편의점 등에서 일하는 사람들도 손님으로 참가한다. 30대, 40대의 비율이 높고, 20세 미만과 50대가 뒤를 잇는다. 성인 내빈객에게는 일 인당 10,000포인트. 미성년자에게는 5,000포인트가 지급된다. 성인 283명, 미성년자 202명. 참가하는 총인원수는 485명으로 총금액은 3,840,000포인트다.

▶ 출점 비용

메이드 카페를 연 특별동은 층수, 계단에서의 거리에 따라 출점에 드는 포인트가 다르다. 3층은 10,000~13,000포인트, 1층은 일률적으로 50,000포인트다. 호리키타 반은 손님이 오기 쉽고 다른 부스의 방해를 받지 않는 1층을 선택했다.

▶ 점장 아야노코지의 사전 준비

점장을 맡은 아야노코지는 소토무라 히데오 등으로부터 정보를 모았다. 그 결과, 카페의 청결도가 중요하고, 에로티시즘을 과도하게 내세워서는 안 된다는 점 등을 배웠다. 또한 판매 전략으로 폴라로이드 사진 촬영을 도입하여 매출에 공헌한다. 그리고 소토무라의 제안으로 폴라로이드 사진에 특화된 카메라를 쓰기로 한다.

Rule ▷ 결과와 보수

- ♛ 1위　2학년 B(호리키타)반　**+100 반 포인트**
- 2위　2학년 C(류엔)반　**+100 반 포인트**
- 3위　3학년 B반　**+100 반 포인트**
- 4위　2학년 A(사카야나기)반　**+100 반 포인트**
- 5위　1학년 A반　**+50 반 포인트**
- 6위　3학년 C반　**+50 반 포인트**
- 7위　2학년 D(이치노세)반　**+50 반 포인트**
- 8위　1학년 C반　**+50 반 포인트**
- 9위　3학년 D반　**0 반 포인트**
- 10위　1학년 B반　**0 반 포인트**
- 11위　3학년 A(나구모)반　**0 반 포인트**
- 12위　1학년 D반　**0 반 포인트**

고도 육성 고등학교 리포트

문화제의 매력

츠키시로 이사장 대행의 제안으로 처음 개최된 문화제. 호리키타 반과 류엔 반, 나구모가 이끄는 3학년 A반의 부스를 소개한다.

\호리키타 반 운영/
메이드 카페

점장을 맡은 아야노코지는 이런 문화에 익숙한 학생들에게 많은 것을 배운다. 그 덕분에 폴라로이드 사진 촬영, 에로티시즘을 과도하게 내세우지 않는 복장 등을 선택할 수 있었다. 또 차바시라에게 메이드복을 입혀 화제를 일으켰다.

일본 전통복 카페

일본 전통 복장을 콘셉트로 한 카페. 화과자와 차를 제공한다. 또 류엔의 취향(?)에 따라 직원복에 신경 쓴 모습. 류엔과의 대결에서 져서 직원복을 입은 이부키와 시이나 등 평소와는 다른 모습이 매력적이다.

귀신의 집

체육관을 빌려서 연 귀신의 집. 3학년 A반은 사전에 프리 오픈으로 열어 높은 퀄리티를 지향한다. 안은 미로로 되어 있고 조명을 어둡게 했으며 장식품으로 분위기를 연출했다. 아사히나 일행이 연기하는 귀신이 박력 만점.

오월동주의 수학여행

11월

사쿠라가 퇴학당하고 위기감을 느낀 성적 하위 학생들의 성장도 있어서 기말고사 때 호리키타 반의 평균 점수는 이치노세 반을 제치고 학년 2위까지 올라간다. 결과 발표 후에는 본인을 제외한 학생들을 평가 순으로 번호를 매긴 리스트 작성을 거쳐서, 만장일치 특별시험 때 결정된 홋카이도 수학여행의 구체적인 내용이 공개된다. 이 수학여행은 특별시험은 아니지만 「적을 알고 나를 알면 백전백승」이 주제라고 한다. 각 반 남녀 2명씩 총 8명 그룹을 이룬 4박 5일간의 이색적인 수학여행이 시작된다.

8권

요점

Main points —

9월 만장일치 특별시험의 결과를 거쳐서 수학여행 장소는 홋카이도로 결정되었다. 수학여행에 가서는 학교가 나눠준 그룹끼리 기본적으로 움직여야 한다. 여기서는 아야노코지가 속한 그룹 멤버와 일정 등을 소개한다.

▶ 리스트의 순위 매기기

수학여행 설명 전에 반 아이들에게 1부터 37번까지 번호를 매겼다. 이는 다른 반도 마찬가지였다. 어떤 기준으로 번호를 매길지는 개인에게 맡겼다. 또 다른 반과 전혀 교류 없는 학생이 있어도 반드시 번호를 매겨야 한다. 아야노코지는 이 리스트가 그룹 분배에 영향을 줄 것이라고 추측했다.

Rule 홋카이도 수학여행 스케줄

1일 차 학교 출발→ 하네다 공항→ 신치토세 공항→ 스키장 도착, 강습→ 스키 → 숙소 료칸

2일 차 종일 자유행동

3일 차 삿포로 시내 중심지에서 관광명소 투어→ 숙소 료칸

4일 차 종일 자유행동 ※조건 있음

5일 차 귀환

▶ 수학여행의 주제

차바시라는 수학여행의 주제가 「적을 알고 나를 알면 백전백승」이라고 말했다. 이는 손자병법에 나오는 유명한 말이다. 「상대에 대해 이해하고 자기 실력을 알면 싸움에서 지지 않게 된다」라는 의미. 이 주제대

로 수학여행 동안의 그룹은 학교 측에서 정하는데, 다른 반 학생과 팀을 이루게 된다. 교우관계에 따라서는 한 번도 말해본 적 없는 학생과 한 그룹이 될 수도 있다. 이 학교는 특성상 다른 반과의 교류가 제한되어 있다. 이번 수학여행은 그러한 단점을 지우고 한 인간으로서 상대를 이해하기 위함이기도 하다.

그룹 행동

그룹 행동이 필요한 상황
◆현지에서 학교가 지정할 경우
◆자유행동

그룹 행동이 필요 없는 상황
◆숙소 시설 내

Rule 아야노코지 그룹의 수학여행

그룹 멤버
A반 키토 하야토, 야마무라 미키
B반 아야노코지 키요타카, 쿠시다 키쿄
C반 류엔 카케루, 니시노 타케코
D반 와타나베 노리히토, 아미쿠라 마코

1일 차

◆낮
•그룹끼리 집합했는데 류엔과 키토는 험악한 분위기. •스키장에서는 류엔과 쿠시다, 아야노코지, 키토가 상급자 코스를 탄다. 아야노코지와 쿠시다는 야마무라가 류엔의 동향을 감시하고 있다는 것을 눈치챈다. 한편 아야노코지는 초보였지만, 스키를 탄 지 얼마 지나지 않아 상급자 코스를 체험했다.

◆밤
•료칸에서는 남녀로 나뉘어 각자의 방으로 향한다. •10시에 여자들이 남자 방을 찾아가 그룹끼리 논의한다. 그런데 류엔과 키토는 의논은 뒷전이고 잠자리를 건 베개 던지기 대결을 한다. 그런 다음 내일 이후의 자유행동에 대해 이야기를 나눈다.

◆호리키타의 행동
늦은 밤, 호리키타는 료칸 대욕장에서 쿠시다, 이치노세와 연애에 관한 대화를 나눈다.

2일 차

◆낮

•스키장으로 가는 길에 기념품 가게가 보여서 스키장 주위를 산책. 아야노코지는 야마무라에게 장갑을 빌려준다. •스키장에서 스키를 만끽한다. •스키장 안에 있는 레스토랑에서 점심 식사.

◆밤

•19시 전에 료칸 도착.

◆호리키타의 행동

료칸에서 스도에게 고백받지만, 정중히 거절한다.

3일 차

◆낮

•학교에서 낸 과제로, 오후 5시까지 명소 15군데 중 어떤 조합이든 상관없이 여섯 군데를 돌고 그곳에서 그룹이 단체 기념사진을 찍기로 한다. 각각의 명소에는 점수가 매겨져 있는데, 여섯 군데에서 20점 이상 따면 그룹 전원이 3만 프라이빗 포인트를 받을 수 있다. 여섯 군데 미만이면 4일 차에 자유행동의 기회를 박탈당하고 오후 4시까지 스터디해야 한다. •아야노코지와 아이들은 관광을 우선하여, 시가지 주변 명소와 동물원 등 여섯 군데를 돌았다. 20점에는 미치지 못했지만 유의미한 시간을 보낸다. 한편 총 20그룹 중 10그룹이 20점 이상을 기록했다. 왕과 미야모토가 속한 제15그룹은 실격당하여 스터디를 해야 했다.

◆밤

•석식은 뷔페식인데, 아야노코지는 이시자키와 니시노, 알베르트 무리와 같이 밥을 먹는다. •식사 후 쿠시다와 류엔이 둘이 대화하는 것을 몰래 엿듣는 아야노코지. •아야노코지는 호리키타와 대화한다. 중간에 차바시라와 호시노미야를 맞닥뜨린다.

4일 차

◆낮

•아야노코지는 많은 학생이 모인 눈싸움에 참가한다.

첫 번째 경기: 이시자키 팀과 스도 팀이 대결.

스도 팀이 승리.

두 번째 경기: 남녀 혼합 팀끼리 흥겨운 대결이 펼쳐짐.

세 번째 경기: 아야노코지가 속한 이부키 팀과 호리키타 팀의 대결. 이부키 팀이 승리.

•눈싸움이 끝난 후 스키를 즐겼다.

◆밤

•사카야나기가 아야노코지를 불러낸다. 대화를 나누던 중 칸자키가 찾아온다. 그리고 칸자키가 과거에 아야노코지 아츠오미를 만났다는 것, 1학년 A반 이시가미와 어릴 때부터 아는 사이인 것이 드러난다. •우연히 찾아온 아미쿠라로부터 이치노세가 보이지 않는다는 말을 듣고 찾아 나선다.

•이치노세를 발견한 아야노코지. 자기 반 때문에 고민하는 이치노세의 곁에 있어 준다.

오월동주의
수학여행

대결이 시작된
사카야나기 반과 류엔 반

　수학여행을 떠나기 전, 아마사와가 아야노코지를 불러낸다. 나나세도 동석한 그곳에서 아마사와는 학교에 남는 쪽을 선택했다고 알린다. 아야노코지는 그 결단을 지지했고, 나나세와 나눈 대화와 과거에 있었던 일을 조합해서 사실은 츠키시로가 아야노코지를 퇴학시킬 마음이 없었던 것이 아닌지 생각한다. 또 나나세에게 아직 밝히지 않은 사실이 있는 것이 아닌지 강하게 의심한다.

　또 아야노코지의 방을 찾아온 스도로부터는 이번 수학여행 중에 호리키타에게 고백할 것이니 지켜봐달라는 부탁을 받는다. 아야노코지는 쿠시다, 류엔, 키토, 야마무라 등과 같은 그룹이 된다. 자기 반 이외의 학생과도 팀이 되는 것은 다른 반과도 교류하고 정보를 모으라는 의도가 학교 측에 있다고 추측한다.

　홋카이도에 도착한 첫날 스키장에서 야마무라가 상급자 코스의 리프트를 타버리는 바람에 아야노코지는 쿠시다와 함께 그 뒤를 쫓는다. 그런데 야마무라는 리프트를 잘못 탄 것이 아니라 류엔을 감시하고 정찰하려는 목적으로 미행했던 것. 류엔이 말했듯, 학년말 시험을 앞두고 류엔 반과 사카야나기 반의 전초전이 이미 시작된 것이었다.

　두 반의 긴장 관계도 영향을 미쳐서, 여행 시작 이래로 류엔과 키토는 의견이 자꾸만 맞지 않는다. 첫날 밤에는 베개 던지기로 대결하고, 2일차에는 스키로 대결한다. 과열된 두 사람은 금방이라도 싸움이 날 것 같지만 뒤쫓아온 아야노코지가 중간에 개입해서 위기를 면한다. 어제까지 초보였으면서 불과 하루 만에 실력이 는 아야노코지의 스키 기술에 쿠

mini topic

사카야나기 반에서 카츠라기에게 건 수작

3일 차 석식 때 카츠라기는 식당에 혼자 고립되어 있었다. 누가 카츠라기에게 말을 걸려고 하면 같은 그룹인 사카야나기 반의 마토바가 슬쩍 도로 돌려보냈기 때문이다. 음침하게 괴롭히는 것처럼 보였는데, 이미 사카야나기 반과 류엔 반의 대결이 시작된 것이다. 결국 류엔이 접근해서 마토바는 그만 물러갔다.

시다는 혀를 내두를 뿐이었다. 그러던 중, 류엔은 아야노코지를 불러내서 전략의 핵심은 8억 포인트 작전이라고 말한다. 그리고 사카야나기의 대결에서 승리하면 다음은 아야노코지를 쓰러트리겠노라고 선언한다.

류엔과 키토는 사사건건 격하게 대립해왔지만 같은 그룹 니시노와 야마무라가 다른 학교 학생에게 시비 걸리는 모습을 보고는 함께 싸운다. 그렇게 상대를 제압하고 무릎 꿇게 만든다.

그날 밤 스도는 호리키타에게 고백한다. 호리키타는 고백을 받아주지 않았지만 일방적인 거절이 아니라 거절하는 이유와 고마움을 잘 전달했다. 스도로서는 아쉬운 결과였지만, 개운한 얼굴로 앞으로도 자신을 위해 계속 노력하겠다고 아야노코지에게 확실하게 말한다.

류엔의 신경전과

받아넘기는 아야노코지

3일 차 그룹별 시내 관광 때는 과제를 클리어할 수 있는 최소한의 명소만 가고, 각자 원하는 곳을 일정에 넣어 여유롭게 둘러보기로 정했다.

> ### mini topic
>
> #### 호리키타, 쿠시다, 이부키의 관계성
>
> 4일 차 아침, 료칸 부지에서 눈싸움이 벌어진다. 이부키는 호리키타에게 도전장을 내밀면서 쿠시다에게도 말을 걸었다. 그 모습을 본 아야노코지는 호리키타와 쿠시다의 거리감에 변화가 생긴 데에는 이부키의 영향도 있다는 것을 알아차린다. 한편 눈싸움은 결국 호리키타와 이부키의 일대일 승부가 되었고 이부키가 승리했다.

그런데 아미쿠라의 이 제안에 류엔이 반대하면서, 제한 시간 내에 20점을 벌어 프라이빗 포인트를 획득하자고 주장했다. 이런 류엔의 태도에 키토가 불같이 화를 내며 고집을 부렸고, 그룹의 방침을 하나로 정하는 것보다 류엔에게 따르고 싶지 않은 마음이 앞서고 말았다. 그때 아야노코지는 각자 완전히 자유롭게 다니고 4일 차에 스터디하자고 제시. 아무래도 그건 다들 피하고 싶은지 류엔도 고집을 꺾고 아미쿠라의 제안 쪽으로 정리되었다.

석식을 먹은 후 식당에서 나갔을 때 쿠시다가 류엔을 불러 세운다. 쿠시다는 트집 잡는 듯한 말투를 쓰지 말라고 항의하지만, 류엔은 듣지 않는다. 몰래 뒤따라갔던 아야노코지는 모습을 드러내고 전날에도 말했듯이 쿠시다를 퇴학시킬 생각이 없다고 류엔에게 말한다. 류엔은 아야노코지에게 그럴 마음이 없다면 쿠시다의 본성을 폭로하는 것은 호리키타 반에 시비 걸 소재로 쓸 수 없다고 판단하고 쿠시다에게 흥미를 잃는다.

눈싸움하거나 스키를 타던 4일째, 아야노코지는 밤이 되어 사카야나기로부터 호출을 받는다. 사카야나기는, 체육대회 날에 현관문 너머로 말을 걸어 온 남자에 대해 알고 있을 인물을 호출한 상황이었다. 그곳에 나타난 것은 칸자키였다. 사카야나기와 칸자키는 부모끼리 아는 사이라서 예전부터 안면이 있었고, 마찬가지로 이시가미와도 구면인 사이라고 한다.

칸자키는 이시가미와 같은 학원에 다녔기 때문에 그의 됨됨이를 잘 알고 있었다. 이시가미는 아야노코지 아츠오미를 존경했고, 칸자키는 이시가미를 천재라고 평가했다. 사카야나기가 이시가미에게 전화를 걸자, 이시가미는 아야노코지를 제거할 가능성은 현재까지 없다고 확실하게 말한다. 그러나 만약 아야노코지 아츠오미가 명령한다면 따를 거라고도 덧붙인다. 지금은 아직 적도 아군도 아닌 듯하다.

그러던 중, 이치노세와 연락이 닿지 않아 당황한 아미쿠라가 찾아온다. 분담해서 찾아보기로 했고, 아야노코지는 고지대의 나무 덱에 혼자 있는 이치노세를 발견한다.

이치노세는 반의 리더로서 무력함을 통감하고 자신이 바뀌어서라도 상황에 변화가 생기길 바라는 심정을 털어놓는다. 그러자 아야노코지는 그녀를 껴안았고, 두 사람은 눈 내리는 하늘 아래서 서로 어깨를 맞댔다.

학생회 인수인계와 『협력형 종합 필기시험』

12월

겨울방학 직전에 특별시험 『협력형 종합 필기시험』을 치르게 되었다. 학력을 중심으로 한 특별시험인데, 학력이 낮은 반도 얼마든지 승리할 수 있는 내용이다. 사카야나기 반과 대결하게 된 호리키타 반은 전략적 측면을 호리키타에게 일임하고 기초 학력을 키우려고 노력한다. 그러던 중, 아야노코지를 나구모가 불러낸다. 용건은 차기 학생회장으로 누구를 올릴지를 두고 대결하자는 제안. 나구모는 아야노코지와의 대결에 집착하고, 키리야마는 그런 나구모에게 난색을 드러낸다. 그리고 학생회를 인수인계할 시기가 다가오는데······.

9권

요점　　　　　　　　　　　　　　　　　Main points

　반 전원이 문제 100개를 풀고 맞힌 정답에 따라 받은 점수로 승부를 겨루는 학력 중심의 내용. 그 규칙을 정리했다.

일정

12월 22일…… 특별시험 당일
12월 23일…… 특별시험 결과 발표,
　　　　　　　2학기 종업식

Rule 협력형 종합 필기시험

개요　반 전원이 총 100문제를 푼다. 승리한 반은 50 반 포인트를 얻고, 진 반은 50 반 포인트를 잃는다.

Rule 1　미리 정한 순서대로 한 명씩 문제를 푼다. 한 학생당 최대 다섯 문제를 풀 수 있으며, 무조건 최소 두 문제는 풀어야 한다.

Rule 2　학생이 이미 푼 문제는 정답이든 오답이든 상관없이 다른 학생이 고칠 수 없다.

Rule 3　각 학생에게 주어진 시간은 입실 및 퇴실 시간까지 포함하여 최대 10분이다.

Rule 4　시험에 도전하는 학생 이외에는 다른 방에서 대기한다.

Rule 5　다음 순서를 기다리는 학생만 입구 앞에서 대기할 것.

Rule 6　제한 시간을 넘긴 학생은 실격 처리되어 점수를 얻을 수 없다.

Rule 7　문제의 답에 대한 힌트 또는 답을 적어서 남기거나 혹은 말로 알려주는 것 등의 행위를 금한다.

Rule 8　위반 행위가 드러날 경우 시험이 강제 중단되고 0점 처리된다.

Rule 9　남은 시간에 따라 특별 보너스가 추가로 주어진다.
1시간 이상 남았을 시……10점
30분 이상 남았을 시……5점
10분 이상 남았을 시……2점

Rule 10　모든 문제는 난도와 상관없이 푼 사람의 실력(아래 참조)에 따라 점수가 주어진다(문제를 푼 사람의 실력은 12월 1일 시점의 OAA 상 학력에 준한다).
학력 A……1점 / 학력 B……2점
학력 C……3점 / 학력 D……4점
학력 E……5점

학생회 인수인계와
『협력형 종합 필기시험』

키류인을 노린
절도 위장 사건

나구모는 다음 학생회장을 정하기 위해 학생회 선거를 치를 의향을 드러냈다. 그리고 학생회에 있는 이치노세와 호리키타를 입후보시키고 둘 중 누가 이길지 내기하자고 아야노코지에게 제안한다. 나구모가 이기면 아야노코지가 퇴학, 아야노코지가 이기면 나구모가 2,000만 프라이빗 포인트를 아야노코지에게 양도. 그 조건으로 두 사람은 합의하고 호리키타와 이치노세를 부르는데, 얼마 지나지 않아 키류인이 학생회실에 들어온다. 키리야마를 통해 나구모를 만나기로 약속을 잡았는데 아무래도 키리야마가 시간을 잘못 조정해서 시간이 겹치고 만 모양이었다. 키류인의 말에 따르면 3학년 D반 야마나카가 자신을 절도범으로 몰려고 한 것을 막고 그 배후가 나구모라는 사실을 밝혀내 만나러 왔다고

mini topic

쿠시다를 학생회에 권유하지만……

호리키타가 쿠시다에게 학생회에 들어오라고 한다. 그런데 그때 쿠시다를 보러 아마사와가 와서 쿠시다를 놀린다. 인기척 없는 특별동으로 장소를 옮기자 쿠시다는 무려 호리키타에게 무릎 꿇고 빌라고 요구한다. 호리키타의 수싸움을 쿠시다는 개의치 않는다. 아야노코지와 아마사와를 보내고 둘만 남자 쿠시다는 학생회에 들어가는 것을 받아들인다. 그리고 돌아오는 길에 쿠시다는 환하게 웃었다.

한다. 나구모는 그런 기억이 없다면서 키류인과 입씨름을 벌인다.

그러던 중 이치노세가 학생회를 그만두겠다고 했다. 그 결과, 호리키타가 자동으로 차기 학생회장으로 정해지고, 나구모와 아야노코지의 대결은 무산된다. 그리고 호리키타는 결원을 보충하라는 말을 듣는다. 고난을 동반한 교섭 끝에 부회장으로 쿠시다를 영입하고 서기로는 나나세를 발탁했다.

아야노코지는 키류인의 요청으로 범인 색출에 나서기로 한다. 또 칸자키도 아야노코지를 불러내 상담한다. 히메노가 동석한다는 이야기는 미리 들었지만, 만나기로 한 장소에는 수학여행 때 같은 그룹이었던 와타나베와 아미쿠라도 있었다. 이치노세한테 고백받은 것까지 포함해서 밀담을 나누고 있는데, 하마구치도 등장한다. 이치노세를 맹신하는 현 상태를 좋게 생각하지 않아서 칸자키의 도움 요청에 응한 한 사람이었다. 결국 칸자키 무리는 이치노세의 진의를 알아내 달라고 아야노코지에게 부탁한다.

아야코코지는 바로 이치노세와 약속을 잡지만, 카루이자와는 단둘이 만나는 것을 탐탁지 않아 하며 화낸다. 두 사람 사이에 불화가 생겼는데도 아야노코지는 일부러 감정의 골이 깊어지게 내버려둔다.

아야노코지는 이치노세가 평소에 가는 장소를 함께 돌면서 아미쿠라의 이야기를 끼워가며 학생회를 그만둔 이야기를 듣는다. 바로 A반 승격을 포기하지 않기 위해서였다. 며칠 후, 학생회의 새로운 체제가 발표되자 바로 류엔이 이치노세 반을 도발하는데, 이미 설명을 들은 반 아이들은 동요하지 않는다.

새로운 학생회장 호리키타의
첫 임무

아야노코지는 키류인이 부탁한 범인 색출 때문에 아사히나와 접촉을 시도한다. 아사히나는 옥상과 이어진 계단에서 울고 있었다. 사정을 물어보니 3학년 C반 스치 모에카가 퇴학당했는데 학교에서 자세히 설명해주지 않았다고 한다. 아사히나를 진정시키고 카페로 이동한 후, 나구모가 3학년과 맺은 계약, 야마나카에게 따지려는 것을 방해한 3학년 D반 안자이를 키류인이 넘어뜨리고 밟았다는 것 등을 듣는다. 아야노코지는 아사히나에게 야마나카를 불러달라고 하지만 나타난 사람은 3학년 D반 타치바나였다. 타치바나는 고압적인 태도를 보였는데, 아야노코지의 추궁에 도망치고 만다.

아야노코지가 귀가하니 방 앞에 이치노세가 있었다. 아야노코지를 좋아하는 마음을 다시금 인식한 이치노세는 언젠가 아야노코지가 돌아봐줄 수 있는 사람이 되겠다고 말했다.

한편 특별시험에서는 문제 푸는 순서를 고민하는 등의 전략이 성공을 거둬서, 비록 정답률은 떨어졌지만 사카야나기보다 많이 득점하며 승리를 거두었다.

특별시험이 끝난 후 아야노코지는 학생회실에 불려 간다. 키류인이 학생회에 문제를 제기했던 것이다. 키류인과 나구모의 주장 그리고 아야노코지의 정보를 종합하여 이 사실을 뒤에서 조종한 사람이 키리야마가 아닌지 호리키타는 짐작한다. 단념한 키리야마는 모든 것을 자백한다. 애당초 거금을 건 학생회 선거를 망치는 것이 목적이었다. 키류인과 이치노세가 나구모를 만나는 시간을 조정하고, 절도를 혐오하는 키류인의 말을 들은 이치노세가 양심의 가책을 느껴서 입후보하지 않으면서 선거를 무효로 만들 계획이었다.

그런데 호리키타는 키리야마의 자백에 위화감을 느낀다. 키리야마가 나구모에게 건의하기 위해서 이 계획을 실행한 것이 아니냐며. 거기까지 간파당한 키리야마는 호리키타에게서 예전의 호리키타 마나부의 모습을 본다. 최종적으로 새 학생회장의 판결은 키리야마에게 자주적인 일주일 정학과 키류인에게 사과, 나구모에게는 키리야마를 벌하지 않는 것과 프라이빗 포인트를 3학년을 위해서만 쓰기로 약속하는 것이었다.

특별시험에서 류엔 반에 승리한 이치노세에게 사카야나기는 아야노코지와 거리를 두라고 충고한다. 또 이치노세와 직접 맞붙은 류엔은 서서히 각성하는 이치노세를 성가신 존재로 재인식했다.

해답 　　　　　　　\\\\\　　　　　Answer

호리키타 반의 대전 상대는 학력 우수자가 많은 사카야나기 반이다. 학력이 불안한 학생이 많은 호리키타 반은 어떤 방식으로 싸웠을까. 테스트 내용과 호리키타 반의 전략 등을 되돌아본다.

▶ 대전 반

기말고사의 반 평균점 1위와 2위, 3위와 4위 반이 대결한다.

▶ 시험에 대하여

시험은 중간고사, 기말고사 때 친 과목이 대상이고 난이도도 폭넓다. 고난도 문제는 일반적인 시험 이상으로 어렵다.

▶ 호리키타 반의 전략

호리키타의 전략은 학력 A인 유키무라를 선두로 하고 학력이 낮은 학생과 높은 학생을 번갈아 배치하는 것이다. 학력 높은 학생에게는 최소 두 문제만 풀고 남은 시간 동안 다른 문제를 읽는 데 주력하게 한다. 그 목적은 다음 순서인 학력 낮은 학생에게 쉬운 문제를 풀게 하기 위해서다. 교실에서 나와 다음 학생과 마주칠 때 손짓으로 쉬운 문제가 뭔지 알려주는 것이다. 예를 들어 69번 문제라면 양 손가락을 써서 6을 보여준 다음 이어서 9를 보여준다. 그렇게 해서 정답률을 높였다. 그런데 호리키타 반의 최대 걸림돌은 코엔지였다. 그 대책으로 호리키타는 코엔지의 순서를 가장 마지막으로 했다. 98번 문제까지 채우고 두 문제만 남겨두면 코엔지가 답을 쓰지 않아도 손실이 적고 규칙을 어기는 것도 아니다.

▼ Story Guidance vol.9.5

고도 육성 고등학교의 겨울방학

서서히 퍼져나가는
아야노코지의 진짜 실력

아야노코지는 카루이자와와 냉전 상태인 채로 겨울방학에 들어간다. 게다가 카루이자와가 독감에 걸리는 바람에 아야노코지는 크리스마스를 혼자 보내게 되는데. 할인 상품을 노리고 가전제품점을 찾지만, 다른 입구로 가는 바람에 득템에 실패하고 풀 죽은 얼굴로 있는데 키류인이 말을 건다. 키류인은 유급을 고려하고 있다고 얘기한 후 나구모가 아직도 대결을 포기하지 않았음을 알려주고 다음 특별시험에 관해 충고한다.

집으로 돌아가는 길, 케야키 몰 정문에 있는 대형 크리스마스트리 앞에서 이치노세가 많은 학생과 각각 사진을 찍고 있었다. 추억을 남긴다는 명목이었지만 사실은 아야노코지와 사진을 찍어도 부자연스럽지 않게 하려는 구실이었고, 아무도 보지 않는 타이밍에 팔짱을 끼고 사진을 찍는다.

크리스마스가 지난 26일, 호리키타 반의 이케, 스도, 시노하라, 마츠시타, 모리, 왕, 마에조노, 오노데라까지 총 여덟 명이 카페에 모였다. 소집한 사람은 마에조노로 반의 미래에 관해 중요한 의논을 하고 싶다고 제안한 것이다. 오픈된 장소에서 이야기하는 것에 마츠시타는 거부감을 느끼지만, 마에조노의 진행으로 의논을 시작한다. 화제의 중심은 아야노코지에 대해서였다. 특별시험에서 실력을 드러낸 아야노코지의 잠재력을 반 아이들도 눈치채기 시작한 것이다. 전부터 아야노코지의 숨겨진 실력을 알아차렸던 마츠시타와 실력을 직접 본 스도와 다르게, 마에조노와 같이 만장일치 특별시험 때 아야노코지의 행동에 위험을 느낀 학생도 있었던 듯하다. 이 대화를 하시모토가 엿듣고 있어서, 만장일치 시험 때 호리키타 반에서 있었던 일을 듣키고 만다. 아야노코지는 이해관계만으로 비정한 결단을 내릴 줄 알고, 실력은 사카야나기보다 위. 하시모토는 그렇게 평가를 내렸다. 그리고 카무로와 정보를 공유하고 아야노코지에게 접촉할 때 협력해달라고 부탁한다. 카무로는 조건을 제시하면서 내키지 않는 크리스마스이브에 할 일이 없는 아야노코지는 이치노세의 권유로 등록한 헬스장을 찾는다. 그곳에서 마시마가 한창 운동하고 있었다. 마시마는 일주일에 여섯 번 오고 있다고 한다. 그 정도로 자기 단련에 여념이 없는 건가 생각했는데 사실은 직원 아키야마 씨가 신경 쓰이는 모양. 그리고 아야노코지에게 그녀의 개인정보를 알아내달라고 부탁한다.

투로 하시모토와 손잡았다.

그날 밤, 크리스마스 케이크를 든 사카야나기가 아야노코지의 방을 찾는다. 케이크를 다 먹은 두 사람은 눈길을 산책한다. 사카야나기 반 및 사카야나기의 평가, 아야노코지에 대한 감시 등에 관해 이야기한 후 헤어지면서 사카야나기는 아야노코지에게 남자로 좋아한다고 고백한다.

아야노코지에 대한 경계를 높이는

사카야나기 반 학생들

28일, 아야노코지는 류엔의 호출을 받고 카츠라기까지 포함해 셋이서 다음 특별시험에 관해 이야기를 나눈다. 서로가 가진 정보를 대조해 보니 학교 측이 의도적으로 정보를 컨트롤하고 있을 가능성이 떠올랐다.

그대로 케야키 몰 근처를 산책하고 헤어진 후 아야노코지는 자판기 뒤에서 야마무라를 발견했다. 그때, 분명히 헤어졌던 류엔이 뒤에서 모습을 드러낸다. 류엔은 자신들을 미행하는 사람을 밝혀내기 위해 아야노코지를 이용했던 것이다. 사카야나기가 야마무라를 밀정으로 썼다는 사실을 알고 카츠라기는 놀라움을 감추지 못한다. 야마무라는 류엔으로부터

> *mini topic*
> 아야노코지의 반응을 떠보는 사카야나기
>
> 크리스마스가 지난 후, 아야노코지는 팔고 남은 케이크를 사려고 케야키 몰로 향한다. 그리고 그곳에서 사카야나기와 사나다를 맞닥뜨린다. 사카야나기는 사나다와 데이트 중이라고 했지만, 사실 그것은 아야노코지의 반응을 확인하기 위한 거짓말. 사실은 사나다가 취주악부 후배와 사귀게 되어서 어떤 선물을 살지 상담에 응해준 것이었다.

미행 실패를 덮어줄 테니 사카야나기에게 보고하지 말라는 말을 듣고 떠난다. 아야노코지는 야마무라를 도우려고 뒤쫓아가 류엔에게 이용당하지 말라고 충고한다. 그러자 야마무라는 그 자리에서 사카야나기에게 미행 실패를 보고했다.

독감이 다 나은 카루이자와와 아야노코지는 29일에 데이트 약속을 잡는다. 처음에는 삐걱대던 두 사람이지만, 아야노코지가 사과하고 카루이자와가 갖고 싶어 했던 목걸이를 크리스마스 선물로 주자 카루이자와는 사람들의 시선도 신경 쓰지 않고 울음을 터트린다. 그리고 아야노코지에 대한 의존도가 이전보다 더 강해진다. 한편 계속 도와주었던 사토에게 카루이자와가 메시지를 보내는 사이에 아야노코지가 자판기 뒤를 들여다보니 역시 그곳에 야마무라가 숨어 있었다.

해가 바뀐 1월 4일, 아야노코지는 도서실에서 시이나를 만난다. 시이나에게 책 추천을 받아 대출해서 돌아가는데 그녀가 뒤에서 쫓아왔다. 그러더니 한 무명 작가의 작품을 건넸다. 그것은 시이나의 아버지가 쓴 책이었다. 그 후 귀가하는데 2학년 A반 모리시타가 말을 건다. 모리시타는 코엔지와 스도 등 호리키타 반의 학생을 혼자 조사하고 있는 듯했다.

아야노코지는 책의 답례로 시이나과 케야키 몰에 놀러 갔는데, 카무로가 하시모토와 약속한 대로 접촉해 온다. 그때 하시모토와 키토까지 모습을 드러내면서 의외의 조합인 다섯 명이 하루 종일 같이 다니게 되었다. 하시모토는 아야노코지를 A반으로 헤드헌팅한다. 자기가 승리하기 위해 우수한 인재를 빼 와 A반을 계속 유지하고 싶다는 것이다. 그 권유를 아야노코지는 받아들이려고 하는 모습을 보인다.

Check Point

사쿠라의 퇴학을 계기로

눈빛이 달라진 호리키타 반

츠키시로가 떠나고 사카야나기 이사장이 복직했으며, 일부 1학년에게 주어진 비밀 특별시험도 기한이 넘어 자연 소멸했다. 남은 화이트 룸생에 관해서는 아야노코지가 먼저 관여할 의사는 없었으나, 적극적으로 시비 걸었던 야가미를 제거하기 위해 움직인다. 다만 야가미를 퇴학으로 내몬 것은 아야노코지의 책략뿐 아니라 1학년과 2학년 사이에서 펼쳐진 사건 도 작용한 듯했다. 특히 이시가미는 츠바키, 우토미야에서 사토를 경유하 게 함으로써, 간접적으로 아야노코지를 이용하려고 했다.

아야노코지와 아이들의 2학기는 체육대회, 문화제, 수학여행 등 학교 행사가 이어진다. 그런 상황에서도 반 포인트를 크게 늘린 호리키타 반의 동향에 주목했으면 한다. 만장일치 특별시험에서는 다른 반이 무난한 선 택을 한 가운데, 호리키타 반은 갈등에 갈등을 거듭한 끝에 사쿠라가 퇴 학당했다. 화근을 남긴 결과가 되긴 했지만, 위기감을 느낀 학생들이 역 경을 극복하면서 성장했고 이후의 행사와 특별시험에서 결과를 남긴 점 은 특별히 언급할 만하다. 1학기처럼 코엔지 개인의 힘으로 포인트를 따 낸 것과는 의미가 달라서, 반 전원이 승리한 가치 있는 성과라고 말할 수 있으리라.

퇴학시키고 싶었던 상대가

왠지 신경 쓰이는 쿠시다

만장일치 특별시험에서 아야노코지의 고발로 쿠시다는 지금까지 쌓아 온 신뢰를 잃는다. 그런 아야노코지가 아마사와에게 협박당하던 자신을 구해주었고, 게다가 같은 그룹이었던 수학여행에서도 몇 차례나 도움을 준다. 그러면서 언제부터인가 아야노코지를 의식하게 된 쿠시다의 심경

Check Point

변화에 주목했으면 한다.

겨울방학 종료 시점의 반 포인트

Sakayanagi
사카야나기 반
1200
포인트

Ichinose
이치노세 반
705
포인트

Ryuen
류엔 반
634
포인트

Horikita
호리키타 반
1035
포인트

1월

『생존과 탈락의 특별시험』

10권

　3학기가 시작되자 겨울방학 막바지에 1학년 두 명이 불건전한 이성 교제가 걸려 처벌받은 일, 다음 달이면 고도 육성 고등학교 최초로 2자 면담이 있을 예정이라는 사실이 알려졌다. 그리고 3학기 첫 특별시험인 『생존과 탈락의 특별시험』의 개요가 발표되었다. 최하위 반에서는 시험 중에 탈락자가 된 학생 중 한 명이 퇴학당하는 무거운 내용이었다. 호리키타 반에서는 호리키타가 리더가 되는 것에 마에조노가 문제를 제기했지만, 달리 입후보한 사람이 없어서 호리키타의 주도로 특별시험을 치르기로 결정되었다.

요점 Main points —

각 반이 장르와 난이도를 선택하고, 정해진 순서대로 서로에게 문제를 내는 특별시험. 장르에는 일반 상식도 있고 스마트폰 사용도 가능한 등 특별시험 중에서도 독특한 내용이었다.

Rule 생존과 탈락의 특별시험

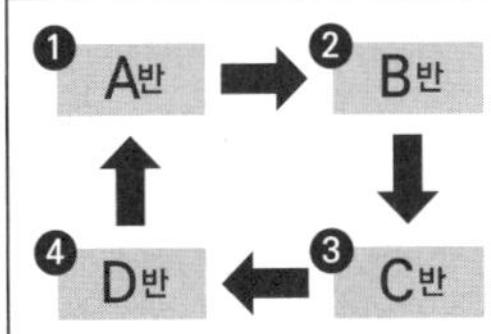

표처럼 시계 방향으로 A반이 B반에 선택한 과제를 내서 풀게 하는 『공격 측』. B반은 『방어 측』이 된다. A반의 공격, 요컨대 과제를 풀어서 정답을 맞히면 B반이 점수를 획득한다. 이러한 공방전이 끝나면 이번에는 B반이 C반에 과제를 내는 공격 측이 된다. 이렇게 공격과 방어를, 반을 바꿔가며 반복해서, 한 바퀴를 다 돈 시점이 되는 D반과 A반의 공방전까지 진행한다. 여기까지의 흐름이 1턴이다. 총 10턴이 끝나면 전반전 종료. 후반전은 반시계 방향으로 화살표를 바꿔서 다시 10턴. 전반전과 후반전을 합쳐서 20턴의 공방전을 반복한다.

공격 측

장르를 선택하고 난이도를 고른다. 과제를 낼 학생을 지명해서 공격한다.

공격 제한

학생의 연속 지명 횟수에 제한은 없다. 같은 장르를 연속으로 선택하는 것도 가능하다. 시작 후 3분 이내에 대상 방어 측 반 학생 5명을 지명해서 담당관에게 알린다.

※시간제한을 넘겼을 경우 지명하지 못한 인원수만큼 랜덤으로 결정된다.

출제 가능 장르 일람

문학 역사 과학 사회 스포츠 예능 음악 경제 잡학 영어 계산 뉴스 한자 생활 식도락 서브컬처

난이도

1~3까지 총 3단계(숫자가 클수록 고난도)
가진 점수를 1점 쓸 때마다 난이도를 1단계 올릴 수 있다.

대상 인원수

5명

방어 측

리더의 지명으로 과제마다 5명을 보호할 수 있다. 공격 측에서 지명한 5명 중에 보호한 학생이 있을 경우 그 학생은 정답을 맞힌 것으로 간주한다. 공격 측의 작업 종료 후 3분 이내에 자기 반 학생 5명을 지명해서 담당관에게 알린다.

　※시간제한을 넘겼을 경우 지명하지 못한 인원수만큼 랜덤으로 결정된다.

과제 제외

각 학생은 총 16가지 장르에서 최대 세 개의 과제를 미리 자유롭게 제외할 수 있다. 공격 측 반은 선택된 과제를 제외한 학생을 고를 수 없다.

탈락

총 세 번 문제를 틀린 학생은 탈락하고 이후 지명 대상이 될 수 없다. 또한 탈락자 한 명당 1점씩 깎인다.

※획득한 점수가 0일 경우에도 마이너스는 축적된다.

득점

과제의 정답을 맞혔을(또는 프로텍트 성공) 경우 한 명당 1점씩 얻을 수 있다. 오답으로 인한 득점 감소는 없다.

보수

1위 반 포인트 **100**
2위 반 포인트 **마이너스 50**
3위 반 포인트 **마이너스 50**
4위 반 포인트 **마이너스 100**

※최고 득점 반이 복수로 나왔을 경우 연장전을 진행해 순위를 가린다.
※네 반 모두 동률 득점으로 시험이 끝났을 경우 모두 반 포인트 마이너스 100점.

『생존과 탈락의 특별시험』

아야노코지와의 거리를 좁히는
이치노세의 의도

특별시험 2일 전, 리더와 보호 대상자를 제외한 32명이 의도적으로 탈락하면 68점을 확실하게 얻을 수 있는 전략을 이케가 생각해낸다. 호리키타는 그 전략에 대한 상대 반의 대응을 이유로 들면서 받아들이지 않지만, 다른 반끼리 손잡으면 상황이 불리해진다는 사실을 뜻밖에도 재인식하게 된다.

아야노코지가 퇴학자 문제에 관하여 리더의 마음가짐을 물어보니, 호리키타는 상처가 적은 선택지와 고심 끝의 선택지가 있다고 대답한다. 호리키타는 아직 다른 반에 관해 파악하지 못했다고 판단한 아야노코지는 상대를 쓰러트리는 일과 자신을 지키는 일을 동시에 의식해야 할 필요가 있다고 조언한다. 이 대화를 나눈 직후, 같은 타이밍에 똑같은 말을 내뱉어서 서로 생각이 통한 느낌이 들자 아야노코지는 자기도 모르게 웃어버린다.

특별시험 전날, 칸자키가 와타나베를 데리고 아야노코지의 방을 찾아온다. 게다가 얼마 후 이치노세와 아미쿠라도 합류했다. 시험에 관해 이야기를 나누고 다 함께 방에서 나간 후, 이치노세가 스마트폰을 잊어버렸다며 다시 돌아온다. 아야노코지와 둘만 있는 순간을 만들기 위한 핑계였다. 이치노세는 아야노코지에게 몸을 기대며 포옹한다.

그때 와타나베가 돌아와 노크도 없이 문을 열었다가 그런 두 사람을 목격하고 만다. 이치노세는 자신에게 책임이 있다고 해명하면서 와타나베에게 비밀로 해달라고 부탁한다. 자기도 모르게 비밀을 알아버린 와타나베는 이치노세의 비밀을 지키겠다는 증거로 자신이 연애를 두려워

mini topic

나아지고 있는(?) 호리키타와 쿠시다의 관계

호리키타의 제안으로 같이 점심을 먹게 된 아야노코지와 쿠시다는 이부키가 만든 도시락을 먹어야 하는 처지가 된다. 호리키타는 평소 이부키와 쿠시다를 방으로 불러들여 직접 요리해 주었다고 한다. 생존과 탈락의 특별시험 중 지명을 망설이는 호리키타를 쿠시다가 도와주는 등 두 사람의 관계성은 차근차근 변화하고 있었다. 한편 이부키의 도시락은 참으로 안타까운 맛이었던 듯하다.

하게 된 사정을 털어놓는다. 이야기를 들은 이치노세는 지금 와타나베가 아미쿠라를 좋아한다는 것을 화제로 삼으면서, 비밀을 지키고 자기편이 되어 주면 이로울 것임을 넌지시 암시한다. 이는 자신을 지키기 위해서일 뿐만 아니라 칸자키 쪽 개혁파로 쏠리던 와타나베를 자기 쪽으로 다시 끌고 오는 한 수이기도 했다. 위기 상황에서 자연스럽게 자신이 우위에 서도록 컨트롤한 이치노세의 수완에 아야노코지는 성장을 인정하고 감탄한다.

시험 전날 밤, 하시모토는 정보 수집 성과를 사카야나기에게 보고한다. 사카야나기는 하시모토가 마에조노와 사귀고 있다는 사실, 마에조노의 주도로 열린 아야노코지 경계 모임까지 전부 파악하고 있었다. 하지만 사카야나기는 하시모토의 정보 제공에 오히려 짜증을 낸다. 확실한 승리보다도 대결의 즐거움을 우선하는 듯했다.

사카야나기를 궁지로 모는

류엔과 이치노세의 협력 태세

특별시험 전반전, 사카야나기는 호리키타 반의 코엔지를 집중적으로 노린다. 호리키타는 프로텍트 포인트를 가진 코엔지가 탈락하는 것은 『상처가 적은 선택』이라고 생각했고, 몇 번 만에 그것을 꿰뚫어 본 사카야나기는 코엔지를 지목하지 않게 된다. 그리고 호리키타와 아야노코지는 코엔지와 호리키타가 무인도 서바이벌 시험 때 나눈 약속을 외부에 유출한 사람이 있음을 눈치챈다.

공격 측은 퇴학자를 절대 만들고 싶지 않은 이치노세의 성격을 간파하고 여섯 번째 탈락 후보자가 나오지 않게 분산해서 공격한다. 하지만 이치노세는 거기까지 파악해서, 일찌감치 다섯 번째 탈락 후보자가 나오면 호리키타라면 그렇게 하리라는 것을 예측하고 움직였다. 심지어 이치노세는 채팅 애플리케이션으로 류엔과 접선해서 이치노세 반에서 탈락자가 나오지 않게 지목해달라고 요구. 그 대가로 25점을 보장해 주겠다고 제시하지만, 류엔은 공수 교대 후 후반에 자기가 주는 점수를 순순히 받으라고 한다. 득점 제어권을 쥐고 각 반의 순위를 움직이려고 한 것이다. 사카야나기 반을 꼴찌로 만들고 싶은 류엔과 절대 퇴학자를 만들고 싶지 않은 이치노세의 이해관계가 일치하면서 서로 힘을 합하게 된다.

mini topic

미장을 신경 쓰는 의외의 인물

만장일치 특별시험 후로 학교에 나오지 않는 왕에게 먹을거리를 챙겨주었던 사람은 의외로 코엔지였다. 왕과 코엔지는 왜 그렇게 챙겨주었는지 당사자에게 직접 물어보지만, 『순수한 도움』을 받았기 때문이라고 한다. 그 도움이란 코엔지의 말로는 '떠올릴 필요조차 없는 사사로운 일'이라고 해서 왕은 전혀 짐작이 가지 않는 눈치였다.

그리고 이치노세는 카루이자와를 집중 공략한다. 그 의도를 알아차린 호리키타는 이치노세와 만난다. 결과적으로 카루이자와를 연속으로 프로텍트하게 만들고, 게다가 지명 상대를 계속 알려줌으로써 이치노세는 호리키타 반에 주어지는 점수를 완전히 자기 관리 아래에 두었다.

류엔은 사카야나기의 지명을 10턴 연속 퍼펙트로 프로텍트한다. 사실은 하시모토가 류엔과 내통하여 스마트폰으로 사카야나기의 노림수를 전부 전달했기 때문이다. 사카야나기는 시험을 치르면서 범인 색출을 시작하면 오히려 혼란스러워진다고 판단하고, 그 이후부터는 꼴찌만 면하는 대결로 전환한다. 하지만 결과는 어쩔 수 없이 최하위. 하시모토는 A반 졸업을 확고히 하기 위해 아야노코지를 데려오자고 수차례 사카야나기에게 말했지만 귓등으로도 듣지 않자, 승부에 있어서 자신의 즐거움을 우선하는 사카야나기로는 A반 졸업이 무리라고 판단하여 경고하기 위해 배신한 것이었다.

이 시험 결과, 사카야나기 반에서 퇴학자가 나오게 되었고, 제비뽑기로 카무로가 뽑히고 만다. 사카야나기는 그제야 비로소 카무로가 진정한 친구이자 자신에게 큰 존재였음을 깨닫는다. 하지만 이미 돌이킬 수 없는 상황이었다.

해답 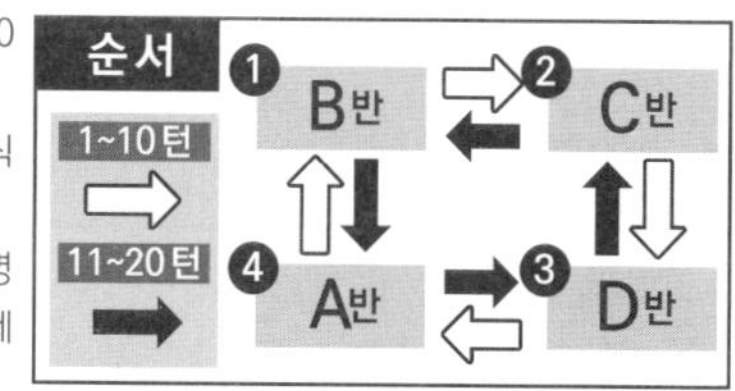 Answer

여기서는 아야노코지를 비롯한 호리키타 반을 중심으로, 특별시험의 내용을 실었다.

▶시험에 대하여

끝에 칸막이가 설치된 책상에 태블릿이 놓여 있고, 지명당한 학생이 문제를 푼다.

순서와 주의 사항

- 원칙적으로 화장실은 4턴마다 10분씩 주어지는 쉬는 시간에만 허용.
- 10턴(전반전) 종료 후 40분간 휴식과 점심시간이 있다.
- 사적 대화와 스마트폰 사용은 지명받은 학생이 문제는 푸는 시간을 제외하고 자유.

- 컨디션 불량 등 시험 속행이 불가능하거나 지장이 생긴 학생은 탈락으로 간주한다.
- 커닝 행위가 발각된 학생은 즉시 탈락 처리되고 획득한 점수는 몰수한다.

호리키타 반의 전반전

『영어』 / 난이도 1 / 호리키타 반 → 이치노세 반

공격 측 지명자 『코바시 유메』『와타나베 노리히토』『스미다 마코토』『니노미야 유이』『시바타 소우』
방어 측 프로텍트 성공자 『니노미야 유이』『와타나베 노리히토』
과제 정답자 『코바시 유메』『시바타 소우』

『계산』 / 난이도 1 / 사카야나기 반 → 호리키타 반

방어 측 프로텍트 대상자 『소노다 치요』『이치하시 루리』『오키야 쿄스케』『이케 칸지』『마키타 스스무』
방어 측 프로텍트 성공자 『오키야 쿄스케』『이케 칸지』
공격 측 지명자 『이시쿠라 카요코』『키쿠치 에이타』『이노카시라 코코로』
과제 정답자 『이시쿠라 카요코』

『식도락』 / 난이도 1 / 사카야나기 반 → 호리키타 반

방어 측 프로텍트 성공자 없음
공격 측 지명자 『코엔지 로쿠스케』『하세베 하루카』『히라타 요스케』『유키무라 테루히코』『오노데라 카야노』
과제 정답자 『하세베 하루카』『히라타 요스케』『유키무라 테루히코』

『식도락』 / 난이도 1 / 사카야나기 반 → 호리키타 반

방어 측 프로텍트 성공자 없음
공격 측 지명자 『코엔지 로쿠스케』『미야모토 소시』『이쥬인 와타루』『사토 마야』『아즈마 사나』
과제 정답자 『미야모토 소시』『이쥬인 와타루』『사토 마야』『아즈마 사나』

『식도락』 / 난이도 2 / 사카야나기 반 → 호리키타 반

방어 측 프로텍트 성공자 『시노하라 사츠키』『스도 켄』
공격 측 지명자 『코엔지 로쿠스케』『소토무라 히데오』『미야케 아키토』
과제 정답자 『코엔지 로쿠스케』

전반전 종료 시점

1위 사카야나기 A반　　29점　**탈락자** 카무로, 야마무라
2위 호리키타 B반　　　28점　**탈락자** 소토무라, 이쥬인, 혼도
3위 이치노세 C반　　　24점　**탈락자** 없음
4위 류엔 D반　　　　　19점　**탈락자** 이시자키, 이소야마, 야노, 모로후지

호리키타 반의 후반전

『스포츠』 / 난이도 1 / 이치노세 반 → 호리키타 반

방어 측 프로텍트 성공자 『왕 메이유』『시노하라 사츠키』
공격 측 지명자 『아야노코지 키요타카』『미야모토 소시』『카루이자와 케이』
과제 정답자 『아야노코지 키요타카』『미야모토 소시』

『뉴스』 / 난이도 ? / 이치노세 반 → 호리키타 반

방어 측 프로텍트 성공자 『이시쿠라 카요코』『스도 켄』
공격 측 지명자 『아야노코지 키요타카』『마츠시타 치아키』『카루이자와 케이』
과제 정답자 『마츠시타 치아키』『카루이자와 케이』

15번째 턴 이후 이치노세 반의 공격

15턴　방어 측 프로텍트 성공자 『카루이자와 케이』『사토 마야』『미야케 아키토』
16턴　방어 측 프로텍트 성공자 『카루이자와 케이』『니시무라 류코』
17턴　방어 측 프로텍트 성공자 『카루이자와 케이』『히라타 요스케』
18턴　방어 측 프로텍트 성공자 『카루이자와 케이』『하세베 하루카』『오노데라 카야노』
19턴　방어 측 프로텍트 성공자 『카루이자와 케이』
20턴　방어 측 프로텍트 성공자 『카루이자와 케이』『스도 켄』

최종 결과

♛ **1위** 류엔 D반　　　　69점
2위 이치노세 C반　　62점
3위 호리키타 B반　　59점
4위 사카야나기 A반　53점

퇴학자
카무로 마스미

고도 육성 고등학교 리포트

재계 관계자의 학생

칸자키 류지
부모가 재계인

사카야나기 아리스
고도 육성 고등학교
이사장 딸

코엔지 로쿠스케
코엔지 콘체른
사장의 외동아들

서서히 드러나는, 고도 육성 고등학교와 관련된 학교 밖 재계 관계자들의 존재. 그들과 관련 있는 학생들을 소개한다.

1학년 A반 이시가미가 과거에 아야노코지 아츠오미를 만난 적 있는 등, 재계 관계자와 가까운 관계인 학생들에게는 다양한 연결고리가 있다. 그들의 동향에 주목하면 새로운 일면이 보일지도?!

야가미 타쿠야
(5기)
증오의 화이트 룸생

아마사와 이치카
(5기)
숭배의 화이트 룸생

아야노코지 키요타카
화이트 룸의 마의 4기생
아버지가 화이트 룸 운영자

이시가미 쿄
부모가 재계인

키류인 후카
할아버지가 권력자

인간관계에 변화가 일어나는 『교류회』

2월

2월이 되어 2자 면담이 진행되었다. 3학기가 끝나면 3자 면담이 기다리고 있고, 아야노코지 아츠오미가 참석한다는 이야기를 전해 들은 아야노코지는 의아해한다. 얼마 후, 작년처럼 혼합 합숙이 시작된다. 작년과 다른 점은 2월에 한다는 점. 그래서 3학년은 이미 진로가 결정되어 여유 있는 학생만 참가할 수 있었다. 이러한 사정을 봤을 때, 올해는 특별시험이 아니라 전 학년 합동 체험 학습형 교류회라는 명목의 합숙이다. 그러던 중 나구모는 아야노코지에게 대결을 제안한다.

11권

요점   Main points —

진학에 여유 있는 3학년과 1, 2학년이 그룹을 짜서 깊이 교류하는 교류회. 그리고 이 교류회 동안 체험 학습 게임을 한다. 여기서는 일정과 그룹 편성 결과 그리고 보수를 다룬다.

하루 일정

기상	소등	점심 휴식
7시	7시	13시 ~ 14시

조식	중식	석식
8시 ~ 9시	12시 ~ 13시	19시 ~ 20시

대욕장		교류회	
		오전부	오후부
6시 ~ 8시	20시 ~ 22시	9시 ~ 12시	14시 ~ 18시

그룹 편성

나구모 그룹

A반 타카하시 오사무, 토도 린, 아마사와 이치카
B반 하기와라 치하야, 후쿠치 히나노
C반 나메카와 아즈키, 이구치 유리
D반 타테와키 아오이, 오사키 노아   •1학년•

A반 사나다 코세이, 사와다 야스미
B반 호리키타 스즈네, 히라타 요스케
C반 카네다 사토루, 카츠라기 코헤이
D반 칸자키 류지   •2학년•

키류인 그룹

A반 토요하시 가로, 코스미 단
B반 야나기 야스히사, 에이쿠라 마미
C반 츠바키 사쿠라코, 신토쿠 타로
D반 오보카타 코키, 지츠테 미소라   •1학년•

A반 하시모토 마사요시, 야마무라 미키, 모리시타 아이
B반 아야노코지 키요타카, 니시무라 류코
C반 오다 타쿠미, 시이나 히요리
D반 하츠카와 마호   •2학년•

그룹 순위 보수

1위 학생 개인당	3만 프라이빗 포인트
2위 학생 개인당	2만 프라이빗 포인트
3위 학생 개인당	1만 프라이빗 포인트
4~10위 학생 개인당	5,000 프라이빗 포인트
11~15위 학생 개인당	3,000 프라이빗 포인트
16~20위 학생 개인당	1,000 프라이빗 포인트

※이 교류회에서 획득한 프라이빗 포인트는 양도 불가.
※사용은 케야키 몰 내에서의 쇼핑에 한정한다.
※보수를 받으려면 포인트 카드의 조건을 충족할 것.

인간관계에
변화가 일어나는『교류회』

아마사와에 대한 복수전을 불태우는
호리키타와 이부키

혼합 합숙이 시작되기 전, 아야노코지의 방 앞에서 하시모토가 기다리고 있었다. 아야노코지는 반을 배신한 이유를 단도직입적으로 묻는다. 하시모토는 류엔으로부터 반 이동 권유를 받았다고 솔직하게 털어놓는다. 또 무인도 서바이벌 시험 때 사카야나기와 류엔 사이에 거래가 이루어지면서 어느 쪽에 붙을지 결정하지 못했고, 사카야나기가 아야노코지를 빼내 와준다면 반과 운명을 함께할 생각이었던 듯하다. 그러나 사카야나기가 거부했기 때문에 학년말 특별시험에서 류엔을 도왔다고 했다. 그러나 하시모토는 모든 진실을 다 말한 것이 아니며, 자신을 위한 행동이라고 아야노코지는 추측했다.

교류회에서 아야노코지와 하시모토는 키류인 그룹에 배정되었다. 아야노코지는 나구모로부터 개인 성적으로 3패 하면 패배라는 조건의 대결 제안을 받고 승낙한다. 아마사와가 나구모 그룹에 지원했다고 들은 아야노코지는 꿍꿍이가 있는 것이 아닌지 의심한다. 아야노코지는 첫날 개인전에서 5연승을 거두었다. 사카야나기 반의 사나다가 하시모토의 동향을 의식하면서 아야노코지에게 접촉. 그 후 호리키타가 아마사와의 일로 부탁이 있다고 찾아온다. 지금 자신의 실력이 어느 정도인지 판단하고 조언해 주었으면 좋겠다는 것이다. 아야노코지는 뒤에 숨어 있던 이부키도 나오라고 말한다. 그리고 4일 차 이른 아침에 재대결하는 것을 아마사와가 받아들이게 하는 조건으로 승낙한다.

2일 차 이른 아침, 아야노코지는 이기기 어렵다는 판단이 들면 1:2로 싸우겠다는 약속을 받고서 호리키타와 이부키에게 특훈을 해주는데, 일

합숙소에 있는 공원의 그네에서 아사히나와 키류인이 담소를 나누었다. 아사히나의 말에 따르면 여학생들이 키류인을 동경하고 있다고 했다. 두 사람은 진로에 관한 이야기를 나누다가 키류인의 유년기로 화제가 넘어간다. 키류인은 친척과 관련해서 정치인을 만날 기회가 많았는데, 현 총리대신인 키지마를 동경해 정치인을 꿈꾼 적도 있다고 한다.

정 범위에서 움직이지 않으면서 한 팔만 써서 두 사람을 상대했다.

아침을 먹은 후 아야노코지는 사카야나기와 대화할 기회를 얻는다. 카무로가 떠난 직후에 타격이 좀 있었다고 인정하면서도 사카야나기는 오래 질질 끌지 않았다고 어필한다. 이 교류회에서 새로운 수족이 될 만한 인물을 찾을 것이라고 한다. 그때 아마사와가 찾아와 사카야나기를 도발하고 혼란스럽게 만들었다.

이날 저녁, 토키토는 이시자키에게 불려 나간다. 약속 장소로 가보니 그곳에 류엔이 있었다. 실의에 빠진 사카야나기에게 친절하게 대한 토키토의 이적 행동을 거칠게 비난했는데, 그때 토키토와 같은 그룹인 호우센이 등장. 알베르트와 우토미야도 나타나면서 일촉즉발의 상황이 된다. 하지만 시끄러운 소리를 듣고 온 다른 학생들 덕분에 난투극은 면할 수 있었다.

아마사와에 대한 복수전을 불태우는

호리키타와 이부키

합숙 3일 차, 모리시타는 같은 그룹 하시모토를 「반이 대동단결하여 양궁에서 대결을 펼치게 된 아야노코지와 아마사와. 선공 아마사와는 전날 연습으로 경험을 쌓아 60점 만점에 57점을 딴다. 반면 아야노코지는 전날 도전하고 동영상으로 학습한 것이 전부인데, 첫 번째 화살을 쏜 후 궤도를 수정함으로써 58점을 획득했다. 그리하여 화이트 룸생은 별로 경험하지 않은 일에도 높은 학습 능력이 있음을 보여주는 결과가 되었다.

제거해야 할 대상」이라면서 단죄한다. 그리고 아야노코지에게 하시모토와 한편인지 따져 묻는다. 종종 접촉해 오는 사나다도 카무로의 퇴학에 일조했다는 소문이 있는 하시모토를 의식하고 있었다.

교류회에서 아야노코지의 최종 개인 성적은 17승 2패. 나구모와의 대결에서 승리했고, 나구모는 아야노코지에게 축하금을 입금했다. 그리고 나구모의 진로 등에 관해 이야기를 나눈 다음 아야노코지는 아마사와에게 어떤 말을 전해달라고 나구모에게 부탁한다.

그날 밤, 시이나로부터 야마무라가 없어졌다는 연락을 받은 아야노코지는 찾으러 나서고, 자판기 옆에서 야마무라를 발견한다. 지난 특별시험 때 사카야나기에게 버림받았다고 느낀 야마무라는 사카야나기를 만날 용기가 없었다. 아야노코지는 그런 야마무라에게 본인은 어떻게 하고 싶은지 묻는다.

소등 시간이 지난 깊은 밤, 아마사와가 나구모를 불러낸다. 아야노코지와 손잡고 야가미를 퇴학시킨 것에 복수하려고 했던 것이다. 애초에 합숙 전부터 나구모에게 접근한 것도 그것이 목적이었다.

그러나 나구모가 아야노코지에게 부탁받은 「너에게는 아직 가치가 있어. 그걸 함부로 버리지 마라」라는 메시지를 전달하자 아마사와는 전의를 상실한다.

합숙 마지막 날 이른 아침, 호리키타와 이부키는 아마사와에게 재도전한다. 이부키에게 이야기를 들은 쿠시다도 얼굴을 내비치지만 아야노코지는 나오지 않는다. 따로 할 일이 있었기 때문이다. 반려견 놀이터에서 야마무라를 기다리게 하고, 용기가 나지 않아 발이 떨어지지 않는 사카야나기를 부축해서 데려간다. 그 특별시험에 여전히 붙들려 있는 두 사람에게 대화할 자리를 만들어준 것이다.

혼합 합숙이 끝나고 아야노코지와 아이들은 일상을 되찾는다. 호리키타에게 재대결 결과를 물어보니, 선전하긴 했지만 역시 2 대 1로도 아마사와를 이기지 못했다고 한다.

진로상담실에서는 사카야나기와 류엔이 대치했다. 서로 아야노코지와 깊은 인연이 있음을 확인하고, 학년말 특별시험에서의 대결을 앞두고 불꽃을 튀긴다. 그리고 각자의 담임 선생님들이 지켜보는 자리에서, 대결에서 진 사람이 이 학교를 떠나기로 약속한다.

그렇게 학년말 특별시험에서 사카야나기와 류엔, 둘 중 한 사람은 반드시 학교를 그만두기로 결정되었다.

해답　　　　＼＼＼　　　　Answer —

　　교류회에서 진행된 체험 학습 게임의 규칙과 과목을 정리했다. 압화, 양궁 등 학교 수업과는 거리가 먼 과목을 두고 학생들은 서로 경쟁했다. 그 결과를 살펴보자.

Rule 교류회 체험 학습 게임의 개요

기간 3일에 걸쳐 진행된다. 1일 차 5게임, 2일 차 7게임, 3일 차 7게임.
※각 게임당 인터벌 30분

대결 방식 전체 20그룹의 리그전으로 진행된다. 대결 순서는 비공개.

규칙 게임마다 각 그룹에서 3학년 대표자가 참가자 5명을 뽑아 대결을 치른다. 게임 참가는 1, 2학년만 가능. 일대일을 원칙으로 하고, 3승을 가져간 그룹의 승리. 패배가 확정되어도 게임은 5명 모두 치러야 한다. 참가 제한 회수는 없으며, 몇 번이든 게임에 참가할 수 있다.

게임 내용 리스트 내에서 학교 측이 랜덤으로 고른 후 게임 내용을 바로 발표한다.

승리 조건 승리를 많이 한 순서대로 표창한다.
※동률로 3위 이상이 여럿 나왔을 경우 추가 게임을 진행한다.

결과

과목

『압화 만들기』『도예』『탁구』『액세서리 만들기』『조각 체험』『카드 게임』『초크 아트』『미니 골프』『패치워크』『양궁』『유리 세공』『도자기 그림 체험』『장기』『도자기 제작』『UNO』등

결과

나구모 그룹은 **18승 1패로 1위**
키류인 그룹은 **19전 15승 4패로 4위**
아야노코지의 개인 성적은 **17승 2패**

호리키타 VS 이부키 최고의 명승부

1학년 무인도 시험에서 처음으로 충돌했던 호리키타와 이부키.
그런 두 사람의 대결은 2학년이 되어 더욱 치열해진다. 여기서는
그들의 배틀 중에서 세 가지를 뽑았다.

이부키의 집념이 불러온 기적의 승리!

수학여행 4일 차에 눈싸움이 있었다. 이부키 팀과 호리키타 팀의 대결이었는데, 분명 팀 전이었건만 어느새 두 사람의 대결로 변질되었다. 많은 아이가 지켜보는 가운데 이부키는 장갑을 벗음으로써 투구의 정밀도를 높여 단기 결착 전략을 세운다. 이부키의 눈덩이가 호리키타의 옷을 보란 듯이 스치고 지나간다. 히트 판정을 받아 이부키 쪽의 승기가 올라갔다.

이부키 WIN

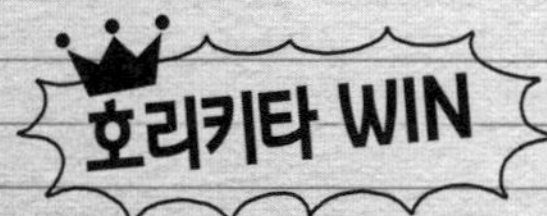

분명 승부였는데 어느새 합심하게 된

2학년 무인도 서바이벌 시험에서는 획득한 포인트로 대결을 펼치기로 한다. 도중에 아마사와와 호리키타가 싸우는 모습을 보게 된 이부키는 호리키타를 돕는다. 많은 일이 있었지만 시험 결과는 근소한 차이로 호리키타가 승리한다.

호리키타 WIN

호리키타에게 꼼짝 못 한 이부키

체육대회에서는 100m 달리기는 호리키타가, 멀리 뛰기에서는 이부키가 승리를 거둔다. 셔틀 런으로 결착을 지으려고 하지만, 호리키타는 교묘한 말로 이부키를 배구팀으로 권유. 자신에게 유리하게 이부키를 이용한 호리키타의 승리라고도 할 수 있다.

호리키타 WIN

3월

우열을 결정짓는 『학년말 특별시험』

12권

네 반 모두 A반이 될 가능성을 남긴 채 3학년을 맞이하기—— 이것이 아야노코지의 목표였지만, 사카야나기와 류엔이 퇴학을 건 승부를 펼치게 되면서 그 목표는 무산되는데……. 그리고 2학년 마지막 특별시험이 시작된다. 이번 특별시험에서는 사카야나기 반은 류엔 반, 호리키타 반은 이치노세 반과의 대전이 정해져 있다. 대표자 세 명을 뽑아야 하고 다른 학생은 참가자가 되는 것 이외에는 당일까지 내용이 밝혀지지 않은 채 시험에 도전하게 된다.

요점   Main points

진학에 여유 있는 3학년과 1, 2학년이 그룹을 짜서 깊이 교류하는 교류회. 그리고 이 교류회 동안 체험 학습 게임을 한다. 여기서는 일정과 그룹 편성 결과 그리고 보수를 다룬다.

Rule 학년말 특별시험

시험장

특별동

대전 반

사전 준비

◆기일까지 각 반에서 대표자 3명(선봉, 중견, 대장)을 뽑을 것.

  (남녀 모두 1명 이상 넣는 것이 조건)

◆대표자의 당일 결석에 대비하여 임의의 인원수만큼 대역 지정 가능.

◆당일 대역을 포함해서 대표자가 3명이 되지 못했을 경우, 학교 측에서 무작위로 대표자를 선출한다.

참가자 개요

◆대표자 이외의 학생은 참가자가 되어 시험에 임한다.

◆건강상의 이유 등에 의한 결석으로 출석자가 35명에 못 미치면 페널티가 발생한다.

※페널티…… 한 명당 반 포인트 5점씩 차감된다.

※참가 인원이 36명 이상인 반은 35명을 넘은 인원 × 반 포인트 5점을 획득한다.

사전 준비

◆각 반 대표자(선봉→중견→대장)의 토너먼트 방식으로 진행.

◆선봉은 5포인트, 중견은 7포인트, 대장은 10포인트의 생명이 주어진다.

◆대장의 생명을 먼저 전부 잃는 반이 패배한다.

◆정해진 규칙 안에서 일대일 대결을 펼친다.

◆무승부는 존재하지 않으며 승패가 판가름 날 때까지 필요에 따라 시험이 연장된다.

반 대표자

호리키타 반	선봉 히라타 요스케 중견 호리키타 스즈네 대장 아야노코지 키요타카
류엔 반	선봉 니시노 타케코 중견 카츠라기 코헤이 대장 류엔 카케루
이치노세 반	선봉 하마구치 테츠야 중견 칸자키 류지 대장 이치노세 호나미
사카야나기 반	선봉 사나다 코세이 중견 키토 하야토 대장 사카야나기 아리스

보수

승리한 반은 200포인트를 얻는다.
※만장일치 특별시험에서의 선택도 반영된다. 호리키타 반의 경우 승리하면 250포인트를 얻는다. 졌을 경우에는 포인트가 없다.

우열을 결정짓는
『학년말 특별시험』

특별시험에 임하기 전
아야노코지의 사전 조정

아야노코지는 특별시험 전에 각 반 리더와 개별적으로 대화할 기회를 마련했다. 호리키타에게서는 대표자가 되라는 제안을 받아서 대장 자리 그리고 승리하면 앞으로 일절 반에 공헌하지 않는 조건으로 승낙한다. 그 대신, 패배하면 앞으로 반년 동안 도울 것을 약속한다.

류엔은 정정당당하게 싸우겠노라고 아야노코지에게 선언했다. 그리고 이치노세는 1년 전 봄방학 때 했던 약속을 언급하며 특별시험이 끝난 후에 시간을 내달라고 한다. 사카야나기와의 통화에서는 그녀가 반 아이들과 개별적으로 만나 대화할 기회를 만들었다는 소식을 듣는다. 사카야나기는 자신의 변화를 받아들이기 시작한 듯했다.

이 사이에 아야노코지는 다른 학생과도 접촉했다. 야마무라에게 얻은 정보를 바탕으로 마에조노가 아야노코지에 관해 의논하는 모임을 연말에 가졌다는 사실, 하시모토와 내통하고 있다는 사실을 확인한다. 게다가 마에조노가 호리키타 반의 정보를 유출해 이치노세 반에 흘러 들어가고 있다는 것도 알아낸다. 하시모토를 방으로 불러 특별시험에서 어떤 입장을 취할지 들었을 때는 그에게 「자기 자신에게 거짓말하지 말라」고 충고했다.

특별시험 당일, 대표자와 참가자는 개별적으로 규칙 설명을 들었다. 그 내용은 각각 달랐고 심지어 시험 중에 서로에게 관여할 수 없었는데, 대표자의 규칙은 공개되지 않는 구조였다. 대표자들이 그룹을 짜는 도중에 아야노코지는 패배하면 졸업할 때까지 전면적으로 협력한다는 조건으로 배신자 지정 권리를 양도받는다.

> **mini topic**
>
> **관계성이 단절된 전 아야노코지 그룹**
>
> 아야노코지는 특별시험 전에 호리키타를 만난 후 하세베와 마주친다. 하세베는 뭔가 하고 싶은 말이 있는 눈치였지만, 아야노코지는 근처에 있던 아마사와에게 손가락으로 사인을 보내 합류하라고 지시해 하세베의 이야기를 끊는다. 아마사와가 나구모에게 분풀이하지 않았다는 것을 들은 아야노코지는 아마사와를 학교에 묶어두기 위해 임무를 주었다.

준비를 마친 아야노코지는 류엔에게 눈짓한 뒤 화장실로 향했다. 그리고 류엔에게 사카야나기에게 전언을 부탁하고 그 내용은 하시모토가 알고 있다고 했다. 그런데 하시모토와 접촉하려면 배신자 지정 권리 사용에 제한이 생기게 돼서, 시험에 걸림돌이 될 가능성이 높았다. 그래도 사카야나기를 이기지 못하겠다는 판단이 서면 떠올려 달라고 말했던 것이다.

특별시험에 임하기 전

아야노코지의 사전 조정

호리키타는 하마구치와 칸자키에게 완승하지만, 이치노세에게는 상대도 되지 않았다. 이치노세의 경이로운 통찰력에 두려움을 느꼈고 그녀의 분위기에 말려서 지고 말았다. 아야노코지는 초췌해진 호리키타를 맞이해 안아주면서 위로했고 "너에게는 같은 편이 있어. 그걸 잊지 마."라고 조언한다.

대장 대결에서 아야노코지는 시작 전에 서로 배신자 권리를 포기하자고 제안한다. 이치노세는 배신자가 유일한 우려 요소였던 만큼 제안을 받아들인다. 두 사람은 권리를 행사했지만 배신자를 알아보지 못했다는 과정을 반 아이들에게 보이기 위해서, 서로 배신자를 지정하고 토론 도중에 대화로 배신자를 불러내기로 한다.

그런데 아야노코지는 이 시스템을 이용해 마에조노를 퇴학당하게 만든다. 다른 반이라도 퇴학자가 나오는 것을 바라지 않는 이치노세는 자신이 마에조노 퇴학에 가담했다는 사실에 심하게 동요하고 만다. 게다가 이치노세는 지금까지 아야노코지에게 이용당했다는 사실이 밝혀지면서 망연자실하고, 아야노코지가 완승한다.

한편 사카야나기와 류엔의 직접 대결은 3시간이 넘는 장기전에 돌입했다. 이윽고 류엔은 자신의 수읽기가 사카야나기를 앞서지 못하는 현실을 통감하면서 승부가 결정 나기 전에 패배를 선언한다. 그리고 아야노코지의 전언을 사카야나기에게 알려주면서 하시모토를 배신자로 지정. 사카야나기는 하시모토를 불러낸다. 그런데 전언에 관해 짐작 가는 바가 없어서 당혹스러워하는 하시모토가 겨우 떠올린 것은 '자기 자신에게 거짓말하지 말라'는 충고였다.

사카야나기는 하시모토의 독백을 듣고 인격 형성 과정을 떠올리면서 그를 용서할 마음이 싹텄다. 그러면서 한편으로는 아야노코지의 전언을 이해하기 위해서 계속 생각했다. 그러다가 전언의 의미를 깨닫는다……아야노코지가 대전 상대로 원하는 사람은 류엔이지 자신이 아니라는 것을. 그 메시지를 받아버린 사카야나기는 「배신자를 알아보지 못하고 놓치는」 선택을 하며 류엔에게 승리를 양보한다. 류엔은 승부에서 지고, 사카야나기는 시험에서 진 것이다.

해답 　　　　　＼＼＼　　　　Answer

격렬한 공방전 끝에 2학년 마지막 특별시험이 막을 내렸다. 특별시험의 흐름과 호리키타 반 대 이치노세 반, 사카야나기 반 대 류엔 반의 승패 등을 정리했다. 승패 결과에 따라 반 등급에도 변동이 생겼다.

Rule 특별시험의 흐름

일반 학생, 우등생, 교사, 졸업생, 하급생, 상급생, 배신자 역할을 맡아 토론을 벌인다.

사전 준비

각 반의 대표자는 임의의 학생으로 된 7인 1조 그룹을 5개 만든다.

※같은 그룹을 연속으로 쓸 수 없고, 한 번은 반드시 쉬어야 한다.

※참가자가 35명 미만일 때, 필요에 따라 두 번째 그룹에 동일 인물의 참가를 허용한다.

흐름

①각 반 대표자는 태블릿으로 토론에 참여할 그룹을 하나 선택한다.

②반마다 7명씩 총 14명이 하는 토론을 모니터로 관찰한다.

・토론은 1라운드당 5분

③라운드 종료 후, 양측 대표자는 참가자 한 명을 지목해 특정 배역을 맞힐 권리가 주어진다.

・지목은 한 라운드에 1명까지. 패스는 자유. 1분 이내에 태블릿으로 선택한다.

④지목된 참가자가 맡은 배역의 정답 여부에 따라 대표자의 생명에 변동이 생긴다.

・교사, 졸업생은 이때 그 배역이 지닌 효력을 행사한다.

・대표자가 한 명 이상 패스하면 우등생이 한 명을 교실 밖으로 내보낸다 (그때 직책자가 뽑혀도 대표자의 생명에 변동 없음).

・대표자, 우등생이 지목한 한 명 내지 두 명의 학생은 토론이 끝나면 퇴실한다(지목이 정답이면 배역이 공개되지만, 우등생이 지목할 때는 배역이 공개되지 않는다).

⑤일반 학생 또는 우등생 중 한쪽이 전원 퇴실하면 토론 종료.

・토론 도중에도 대표자의 생명이 0이 된 시점에서 토론 종료.

・대장의 생명이 0이 된 시점에서 시험 종료.

・양측 반의 대장이 동시에 생명이 0이 되었을 경우에는 생명 1로 재대결. 결판이 날 때까지 반복한다.

・토론 종료 시 혹은 대표자 교대 시, 사이에 인터벌이 있다.

Rule 토론

◆참가자 14명은 개별적으로 주어진 배역을 알아내기 위해 의견을 나눈다.

◆일반 학생 혹은 우등생 중 한쪽이 0명이 되면 그 토론은 종료된다. 또는 대표자의 생명이 0이 된 시점에서도 토론 종료(이때 토론에 남은 학생 전원에게 프라이빗 포인트 5,000이 주어진다).

◆대표자는 일반 학생, 우등생, 배신자를 제외한 나머지를 『직책 있음』이라는 큰 틀에서 지목할 수 있는데, 이때는 정확한 지목이 아니므로 구체적인 배역이 무엇인지는 공개되지 않는다.

◆대기 중인 대표자 이외의 학생들은 모니터를 통해 토론을 관전할 수 있다.

◆같은 라운드에서 각 대표자가 각각 지목에 성공했을 경우, 생명 상쇄 처리를 먼저 한다.

◆토론에 참가하는 학생은 발언할 때 모두에게 잘 들리도록 주의할 것.

◆특정 인물에게만 말 거는 행위 금지.

◆위에 준하는 귓속말 등 위반 행위가 확인될 시 퇴실을 명한다.

◆과도한 폭언, 중상모략, 폭력 행위에는 페널티가 부과되며 퇴실을 명한다.

◆도중에 퇴실한 경우 소속 반 대표자의 페널티가 된다.

※페널티의 정도에 따라 대표자의 생명이 깎인다.

참가자에게 주어지는 배역 일람과 참가자 수

『일반 학생』/ 6~8명

아무 특수 권한이 없는 학생. 잘못 지목(직책 있음으로 지목 포함)했을 경우, 지목한 대표자가 생명을 1 잃는다.

『우등생』/ 2명

우등생을 알아내 지목에 성공했을 경우, 대전 상대 측 대표자 한 명의 생명이 3 깎인다. 잘못 지목(직책 있음으로 지목 포함)했을 경우, 지목한 대표자가 생명을 2 잃는다. 우등생은 다른 우등생을 인식하고 존재를 공유한다. 대표자가 1명 이상 패스했을 경우, 라운드 종료 때 참가자를 1명 지목해서 퇴실시킨다(2명 남았을 경우에는 랜덤으로 지목권을 부여. 또한 우등생은 같은 우등생을 지목할 수 없다).

『교사』/ 1명

직책 있음으로 지목에 성공하면 대전 상대의 생명 1을, 교사로 정확히 지목하면 생명 2를 깎는다. 잘못 지목했을 경우, 지목한 대표자가 생명을 2 잃는다.

효력: 각 라운드 종료 시 딱 한 번 학생 한 명을 우등생 지목으로부터 방어할 수 있다.

『졸업생』/ 1명

직책 있음으로 지목에 성공하면 대전 상대의 생명 1을, 졸업생으로 정확히 지목하면 생명 2를 깎는다. 잘못 지목했을 경우, 지목한 대표자가 생명을 2 잃는다.

효력: 각 라운드 종료 시, 참가자 한 명을 지목해 배역을 알아낼 수 있다. 단, 배신자는 정체를 알 수 없고 일반 학생으로 인식되어 버린다.

『하급생』 / 1명

직책 있음으로 지목에 성공하면 자신의 생명 1을, 하급생으로 정확히 지목하면 생명 2를 되찾는다. 잘못 지목했을 경우, 지목한 대표자가 생명을 1 잃는다.

『상급생』 / 1명

직책 있음으로 지목에 성공하면 대전 상대의 생명 1을 깎고, 상급생으로 정확히 지목하면 생명 1을 깎음과 동시에 랜덤으로 참가자 두 명의 배역이 대표자에게 공개된다. 잘못 지목했을 경우, 지목한 대표자가 생명을 1 잃는다.

『배신자』 / 0~2명　　※반마다 시험에서 딱 한 번 이 배역을 쓸 수 있다.

대표자가 토론에 참여하는 대전 상대 반의 참가자 1명을 배신자로 만든다. 한 라운드 때마다 토론 중인 한 명의 배역(우등생 제외)이 배신자를 지정한 대표자에게 랜덤으로 공개된다. 잘못 지목(직책 있음으로 지목 포함)했을 경우 생명을 2 잃고, 대전 상대측이 행사한 배신자 권리가 부활한다. 우등생이 배신자를 퇴실시키려고 해도 차단 처리되어 퇴실당하지 않는다. 배신자는 대전 상대가 잘못 지목하거나 대화를 통해서 대표자가 단정 짓지 않는 한에는 퇴실당하지 않는다.

각 배역의 보수

◆일반 학생 측이 승리했을 경우, 일반 학생 전원이 1만 프라이빗 포인트를 획득한다.
◆우등생 측은 직책자가 지목될 때마다 5,000 프라이빗 포인트를 획득한다. 또 우등생 측이 승리했을 시 50만 프라이빗 포인트를 획득한다.
◆교사, 졸업생의 경우 토론 종료 시까지 퇴실하지 않으면 5만 프라이빗 포인트를 얻는다.
◆상급생, 하급생이 우등생의 손에 퇴실당하면 그 배역을 맡은 학생은 5만 프라이빗 포인트를 획득한다.
◆배신자가 토론 종료 시까지 퇴실하지 않으면 500만 프라이빗 포인트 or 반 포인트 50 중에 원하는 쪽으로 획득한다.

배신자의 권리 행사에 의한 『대화』

◆라운드 종료 시마다 대표자가 희망할 경우에 한해 개별실에서 1 대 1 대화 가능.
※대화할 때는 서로 특별시험 중간 경과와 상세한 규칙에 관해 이야기하는 것을 금한다.
①대화를 시작한다.
②참가자는 배신자인지 아닌지 고백한다. 그때 선행해서 대답을 요구할 수 있다.
③대표자는 배신자로 단정 지을지, 아니라고 판단할지 선택한다.
④결과
【참가자가 배신자였을 경우】
•배신자임을 고백하고 대표자가 단정 지었을 경우. 정보 유출은 중단되지만, 배신자의 보수를 박탈한다.
•배신자임을 고백하고 대표자가 놓쳤을 경우. 대표자가 생명을 5 잃는다.
•배신자가 부인하고 대표자가 단정 지었을 경우. 배신자는 퇴학당한다.
•배신자가 부인하고 대표자가 놓쳤을 경우. 대표자가 생명을 5 잃는다.
【참가자가 배신자가 아닐 경우】
•배신자라고 고백하고 대표자가 단정 지었을 경우. 대표자가 생명을 1 잃는다.

- 배신자라고 고백하고 대표자가 놓쳤을 경우. 페널티 없음.
- 배신자가 부인하고 대표자가 단정 지었을 경우. 대표자가 생명을 1 잃는다.
- 배신자가 부인하고 대표자가 놓쳤을 경우. 페널티 없음.

호리키타 반 VS 이치노세 반

제1시합	제2시합	제3시합
선봉 히라타 요스케	♛ 중견 호리키타 스즈네	♛ 중견 호리키타 스즈네
VS	VS	VS
♛ 선봉 하마구치 테츠야	선봉 하마구치 테츠야	중견 칸자키 류지

제4시합	제5시합	
중견 호리키타 스즈네	♛ 대장 아야노코지 키요타카	퇴학자 : 마에조노 안
VS	VS	
♛ 대장 이치노세 호나미	대장 이치노세 호나미	

사카야나기 반 VS 류엔 반

제1시합	제2시합	제3시합
♛ 선봉 사나다 코세이	선봉 사나다 코세이	중견 키토 하야토
VS	VS	VS
선봉 니시노 타케코	♛ 중견 카츠라기 코헤이	♛ 중견 카츠라기 코헤이

제4시합	제5시합	
♛ 대장 사카야나기 아리스	대장 사카야나기 아리스	✕
VS	VS	
중견 카츠라기 코헤이	♛ 대장 류엔 카케루	

학년말 특별시험 종료 시점의 잠정 반 포인트

사카야나기 반	이치노세 반	류엔 반	호리키타 반
1093	**714**	**1040~1090**	**1233**
포인트	포인트	포인트	포인트

고도 육성 고등학교의 봄방학

특별시험의 여파와
각 반의 움직임

학년말 특별시험에서 승리한 호리키타 반은 잠정 반 포인트로 1위에 올라섰다. 그러나 마에조노가 퇴학당한 일도 있어서 호리키타는 시험의 전모를 모르는 참가자들에게 설명할 책임을 지려고 했다. 아야노코지는 이치노세에게 이기기 위한 전략이었다는 것과 마에조노가 퇴학당할 만했던 이유를 밝힌다. 지금까지 반에서 나온 퇴학자 모두 아야노코지가 관여했던 만큼 일부 학생으로부터 비판의 목소리가 나오기는 했지만, 쿠시다가 절묘한 타이밍에 옹호해 주면서 분위기를 진정시켰다.

패배한 이치노세 반에서는 모두가 이치노세를 위로했다. 동조하는 분위기가 교실을 지배하자 칸자키와 히메노와 같은 개혁파는 행동을 일으키지 못한다. 그러던 중 현실을 받아들이지 못하고 낙관적인 말만 하던 학생들에게 호시노미야가 무섭게 화를 낸다. 패배 후 이치노세는 학교에 나오지 않게 된다.

사카야나기에게 퇴학날까지 유예 기간을 허락한 류엔. 그는 아야노코지의 전언으로 결과가 뒤집힌 것을 받아들이지 못하고 사카야나기에게 그 이유를 묻는다. 설명을 듣고도 당혹감이 사라지지 않은 류엔에게 사카야나기는 승리를 못 받아들인다면 학교를 그만두면 된다고 질책하면서 아야노코지에게 약점을 만들어 두겠다고 한다. 그리고 재회를 암시하는 말을 남겼다.

아야노코지는 야마무라와 모리시타로부터 사카야나기 반의 상황을 듣는다. 그 반 분위기는 꼭 초상집 같았는데……. 모리시타는 A반 졸업을 포기하고 프라이빗 포인트를 모으는 방향으로 전환하고, 마지막에 A반에 몇 명 정도 보내는 것이 현실적인 방침이라고 생각하는 듯했다.

봄방학에 들어간 아야노코지는 차바시라와 마시마, 사카가미에게 연락한다. 그리고 특별시험 시작 직전 화장실에 가는데 호시노미야가 불러

> ## mini topic
>
> ### 편지를 보낸 사람은?
>
> 고도 육성 고등학교를 떠나는 사카야 나기를 배웅한 아야노코지. 그는 모리시타와 야마무라에게 앞으로 반의 전략에 대해 조언한다. 그 직후, 1학년 여학생 네 기시가 아야노코지를 부르더니 편지를 건넨다. 모리시타는 러브레터가 아니냐며 흥미진진해했지만, 안에는 전화번호와 N이라는 이니셜이 적힌 메모만 들어 있을 뿐이었다.

세우더니 대가를 제시하면서 승리를 양보해달라고 했다는 사실을 알린다. 그 후, 호시노미야와 일대일로 만나 그 대화 내용을 스마트폰을 통해 차바시라와 마시마, 사카가미가 듣게 한다. 호시노미야는 세 교사 앞에서 부정한 수단을 써서라도 차바시라의 A반 승격을 막겠다면서 열변을 토한다. 그녀의 생각은 완전히 개인적인 원한이었다. 대화가 평행선을 달리면서 해산했지만, 아야노코지는 호시노미야를 바꾸겠다고 차바시라에게 약속한다.

카루이자와와의 관계 정리와

이치노세의 재기

3월 30일은 1년 전에 아야노코지와 이치노세가 『만남』을 갖기로 약속했던 날이다. 이치노세에게 메시지를 보냈지만 읽지 않는다. 이날, 아야노코지는 카루이자와와 영화관 데이트를 할 예정이었다. 영화를 본 후 노래방으로 이동한 아야노코지는 카루이자와에게 헤어지자고 한다. 카루이자와는 지금까지의 연인 관계는 누군가에게 기생하지 않으면 살아갈 수 없었던 자신이 홀로 설 수 있게 하려는 조치였음을 머리로는 이해하고 있

> **mini topic**
>
> ### 거듭되는 이시자키의 권유
>
> 아야노코지가 카루이자와에게 헤어지자고 말한 날 아침, 이시자키가 아야노코지를 불러낸다. 약속 장소에는 시이나도 와 있었는데, 이시자키와 시이나가 류엔 반으로 옮기라고 권했다. 조건은 좋았으나 어느 반이든 기화가 남아 있는 상태로 대결을 이어가게 하는 것이 아야노코지의 희망이어서 이시자키 무리의 권유를 거절했다.

었다. 그녀는 이별을 받아들이고 의연하게 군다. 그러나 혼자 남겨지자, 눈물이 쏟아졌다.

같은 날 밤, 아야노코지는 『가이샤쿠』하기 위해 이치노세의 방으로 향한다. 아야노코지가 이치노세 반으로 이동해 리더가 되는 대신 자퇴할 것인가, 아니면 원망을 양분 삼아 계속 리더로 있을 것인가…… 둘 중 하나를 선택하라는 아야노코지의 제안에 이치노세는 제3의 선택지를 고른다. 대답하지 않고 방에 틀어박혀 있으면 아야노코지가 양보해서 찾아올 것이라고 예상하고 기다리고 있었던 것이다. 그리고 공범이 되기로 하고 다시금 아야노코지에게 마음을 고백한 후 두 사람은 함께 하룻밤을 보냈다.

4월 1일, 3자 면담에 나타난 아야노코지 아츠오미는 잡담 등으로 시간을 계속 끌면서 우연을 가장하여 코엔지의 아버지와 마주친다. 그리고 이사장실에서 키지마 총리와 코엔지 아버지가 대화하는 자리에 쳐들어간다. 그리고 키요타카가 새 학기부터 반을 이동하게 되었기 때문에, 앞으로는 코엔지 로쿠스케와도 붙을 가능성이 있다고 말했다. 특별시험을 견학했던 키지마 총리가 키요타카에게 주목했다는 사실을 알고 코엔지 아버지도 아들 간의 대결에 흥미를 가진다. 그리고 아츠오미는 키요타카가 로쿠스케의 A반 졸업을 막으면 일대일로 만나는 내기를 제안한다.

새 학년이 다가오는 가운데, 이치노세 반의 주요 인물들이 반의 미래에 관해 논의하는 자리를 마련했다. 아야노코지 덕에 이미 회복된 이치노세는 상황이 더 어려워졌지만 A반을 건 대결이 가능한 위치까지 반을 끌어올리겠노라고 선언한다. 그런 이치노세에게 특별시험 도중 승부를 포기한 것을 비난받은 칸자키는 그녀의 변화를 피부로 느낀다.

A반 승격이 확정된 호리키타 반은 승리 축하회를 연다. 아야노코지의 큰 존재감을 다시금 인식한 호리키타. 고맙다는 인사를 하려고 하지만 어느새 아야노코지의 모습은 보이지 않고……

3학년으로 올라간 신학기 첫날, 반 이동 권리를 행사한 아야노코지는 전 사카야나기 반으로 옮긴다. 아야노코지와 아이들의 마지막 1년이 시작되려 하고 있었다.

▌▌▌ *Check Point*

마지막 1년을 앞두고

각 반이 팽팽히 맞서는 전개로

나구모는 무인도 서바이벌 시험 마지막 순간 아야노코지 때문에 기절한 이후 그를 계속 경계하고 도발했다. 그러나 교류회에서 아야노코지의 실력을 인정하고 자신과 같은 대학에 오라고 한다.

이 3학기에는 생존과 탈락의 특별시험과 학년말 특별시험이 있었다. 둘 다 반끼리 직접 대결하는 규칙이다. 2학년의 세력도가 극적으로 뒤집히면서 아야노코지가 원했던, 모든 반에 A반 승격 가능성을 남겨둔 상태가 형성되어 간다. 특히 학년말 특별시험 때 아야노코지는 평소답지 않게 협조적이었고 단순히 승리만 노리는 것이 아니라 반에 해를 끼치는 마에조노의 제거까지 동시에 해냈다. 자신이 반을 이동한 이후를 내다보고 앞으로도 호리키타 반이 실력을 발휘할 수 있도록 미리 준비한 듯하다.

또한 사카야나기와 류엔의 대결이 격화하는 점도 놓칠 수 없는 볼거리다. 아야노코지와의 대전을 열망하는 사람끼리, 먼저 결착을 짓고 싶은 상대로서 퇴학을 걸고 싸우게 된다. 지금까지 승리를 위해 수단을 가리지 않았던 류엔이 이번에는 정정당당하게 도전했고 사카야나기와의 차이를 통감했다. 이 『패배』가 그에게 어떤 성장을 불러왔을까.

아야노코지의 예측을 뛰어넘은

이치노세의 행동

좋아하는 마음을 깨닫고 아야노코지에게 급속도로 다가간 이치노세. 학년말 특별시험에서 지금까지 이용당했다는 사실이 드러나면서 뼈아픈 패배를 경험하지만, 그래도 아야노코지에 대한 마음은 변함없었다. 더는 제어할 수 없게 된 그녀의 동향은 예측 불가이기에 앞으로도 귀추가 주목된다.

Check Point

봄방학 종료 시점의 반 포인트
Sakayanagi
사카야나기 반
793
포인트
Ichinose
이치노세 반
714
포인트
Ryuen
류엔 반
1040~1090
포인트
Horikita
호리키타 반
1233
포인트

1학년의 반 포인트

A반을 목표로 한 대결은 새로 입학한 1학년들 사이에서도 펼쳐졌다. 지난 1년 동안 싸워온 네 반의 잠정 최종 반 포인트 와 주요 학생을 정리해 보았다.

A반 〉반 포인트〈 991 포인트

성적 우수자가 모여 있는 A반. 1학년이 끝난 시점에도 많은 포인트가 남았다.

[주요 학생] 아마사와 이치카

B반 〉반 포인트〈 697 포인트

리더 같은 존재였던 야가미가 퇴학당하 면서 전력이 크게 후퇴. A반과는 차이가 벌 어지고 말았다.

[주요 학생] —

C반 〉반 포인트〈 532 포인트

우토미야와 츠바키 등 전력은 충분하다. 하지만 포인트를 많이 따지 못했는지 D반 과의 차이가 별로 나지 않는다.

[주요 학생] 우토미야 리쿠

D반 〉반 포인트〈 510 포인트

D반 치고는 포인트가 많이 남아 있는 모양새. 반을 이끄는 호우센의 공헌이 큰 듯하다.

[주요 학생] 호우센 카즈오미

OAA 데이터베이스

개인의 능력을 수치화한 OAA를 정리했다. 4월의 정보를 바탕으로, OAA 평가를 비교하면 개개인의 강점과 약점이 보일 것이다!

반	성명	학력	신체 능력	기지 사고력	사회 공헌도	종합 능력
호리키타 반	아야노코지 키요타카	C(51)	C+(60)	D+(37)	C+(60)	C(51)
	(5월)	A-(81)	B-(61)	D+(40)	B(68)	B-(62)
	(3월)	A(87)	B(73)	C(54)	B(70)	B(71)
	호리키타 스즈네	A-(82)	B(71)	C-(42)	B+(80)	B(67)
	카루이자와 케이	D+(40)	C-(44)	B-(61)	D+(40)	C(47)
	(9월)	C(48)	-	-	-	-
	쿠시다 키쿄	B(72)	C+(60)	A-(82)	A(88)	B(74)
	코엔지 로쿠스케	B(71)	B+(78)	D-(24)	D-(25)	C(53)
	히라타 요스케	B+(76)	B+(79)	B(75)	A-(85)	B+(78)
	왕 메이유	A-(84)	C(51)	C-(44)	B+(77)	B-(62)
	스도 켄	E+(20)	A+(96)	D+(40)	E+(19)	C(47)
	(5월)	C(54)	A+(96)	C-(42)	C+(60)	B-(63)
	(11월)	C+	A+	C-	D-	-
	이케 칸지	E+(20)	D(34)	C+(60)	D(32)	D+(37)
	시노하라 사츠키	D+(38)	C-(41)	C+(57)	B-(62)	C(48)
	사쿠라 아이리	C(50)	D-(25)	D-(25)	C+(60)	D+(37)
	하세베 하루카	C(52)	C(52)	C-(43)	C(46)	C(49)

반	성명	학력	신체 능력	기지 사고력	사회 공헌도	종합 능력
호리키타 반	유키무라 테루히코	A(92)	D(30)	C(51)	B−(63)	C+(58)
	미야케 아키토	C(53)	B(74)	C−(42)	C+(56)	C+(56)
	사토 마야	D(34)	D+(36)	C+(59)	C(51)	C−(44)
	마츠시타 치아키	B+(76)	C(54)	C+(57)	B(67)	B−(63)
류엔 반	류엔 카케루	C+(59)	B(71)	B(70)	E+(18)	C+(60)
	이부키 미오	C(53)	B−(64)	D(30)	C−(43)	C(48)
	시이나 히요리	A(86)	D(28)	C−(42)	B(74)	C(55)
	카츠라기 코헤이	A(89)	C+(58)	B(70)	B+(77)	B(73)
	이시자키 다이치	D−(21)	C+(60)	C(52)	D+(40)	C−(44)
	야마다 알베르트	C(48)	A(90)	C(55)	C(51)	B−(62)
	카네다 사토루	B+(80)	D(29)	B−(64)	A−(81)	B−(61)
이치노세 반	이치노세 호나미	A(86)	C(54)	B(70)	A+(96)	B(74)
	칸자키 류지	B+(77)	B(70)	C+(60)	B(71)	B(69)
	히메노 유키(8월)	B−(63)	C(51)	C+(58)	C+(58)	C+(57)
	시바타 소우	C+(56)	A−(81)	B(74)	B(68)	B(70)
	와타나베 노리히토(11월)	C+	C+	C이상	C이상	C이상
사카야나기 반	사카야나기 아리스	A(93)	D−(25)	B+(80)	B−(65)	B(66)
	하시모토 마사요시	B(74)	B+(79)	B(68)	B−(65)	B(72)
	카무로 마스미	B−(62)	B+(79)	C−(43)	C+(57)	B−(61)
	키토 하야토	C+(58)	A(89)	C+(58)	C+(60)	B(67)
	모리시타 아이(12월)	B+	C+	B+	B	B

반	성명	학력	신체 능력	기지 사고력	사회 공헌도	종합 능력
나기반 사카야	사나다 코세이(12월)	A	C+	B+	B+	B
3학년과 1학년						
3-A	나구모 미야비(8월)	A	A	A+	A+	-
3-B	키류인 후카(7월)	A+	A+	D	C+	-
3-B	키리야마 이쿠토(7월)	B+이상	B+	B+이상	B+이상	B+이상
3-D	이키	D+	-	-	-	-
3학년	토미오카	-	C+	-	-	-
3학년	토쿠나가	-	B+	-	-	-
1-A	아마사와 이치카	A(87)	A−(83)	D+(38)	C+(57)	B(68)
1-A	이시가미 쿄(8월)	A(95)	D−(25)	B+(77)	D(31)	B−(61)
1-A	타카하시 오사무	C+	-	-	-	-
1-B	야가미 타쿠야	A(93)	C(51)	B(74)	B+(77)	B(73)
1-B	(7월)	A	C	A	A	-
1-B	시마자키	B−	-	-	-	-
1-C	츠바키 사쿠라코	C−(44)	D+(40)	D+(38)	D+(40)	C−(41)
1-C	우토미야 리쿠	B(72)	A(87)	C(51)	D+(39)	B(66)
1-C	(7월)	-	-	-	B	-
1-C	하타노	A	-	-	-	-
1-D	나나세 츠바사	B(74)	B+(78)	B(71)	C+(59)	B(72)
1-D	호우센 카즈오미	B+(76)	B+(80)	D(32)	E(12)	C(55)
1-D	시라토리	A	-	-	-	-

아야노코지와 함께하는
방과 후 스터디

이 책에서 10문제를 출제했습니다! 한 문제당 50점 배점이고, 250점 이상 맞혀 봅시다!
어려운 문제는 힌트를 참고삼아 생각해 보세요.

문제 1 전 학년의 개인 데이터가 들어 있고 누구나 학생 개인의 능력을
확인할 수 있는 애플리케이션. 약어가 아닌, 정식 명칭을 쓰시오.
[배점 50점]

문제 2 호리키타가 학생회를 소개한 말, "우물쭈물 고민하는 건 나답지
않아. 난—— ●답게 할 거야."에서 ●에 들어가는 말을 쓰시오.
[배점 50점]

문제 3 아야노코지의 아버지이자 화이
트 룸 운영자의 이름(성 말고)을 쓰시오.
[배점 50점]

문제 4 2학년이 되어 처음으로 치른, 1
학년과 짝을 이루어 필기시험에 도전한 특별시험.
그때 카루이자와의 파트너는 누구였는가?
[배점 50점]

문제 5 전 학년 합동으로 치른 무인도 서
바이벌. 이 특별시험은 몇 주간 진행되었는가?
[배점 50점]

문제 6 만장일치 특별시험의 과제 ②
에 나온 수학여행 행선지. 호리키타 반은 수학여
행 행선지로 어디를 골랐는가?
[배점 50점]

문제 7

체육대회 때 호리키타와 이부키가 개인적으로 경쟁했다. 두 사람이 참가한 100m 달리기에서 호리키타와 이부키 중 누가 승리했는가?

[배점 50점]

문제 8

처음으로 개최된 문화제에서 나구모가 이끄는 3학년 A반은 어떤 부스를 운영했는가?

[배점 50점]

문제 9

사카야나기 반의 담임 마시마가 최근에 관심 있어 하는 여성의 이름을 쓰시오.

[배점 50점]

문제 10

학년말 특별시험에서 사카야나기 반은 중견이 키토 하야토, 대장이 사카야나기 아리스였는데, 그렇다면 선봉을 맡은 학생은 누구인가?

[배점 50점]

힌트	
문제 1	12P
문제 2	16P
문제 3	106P
문제 4	120P
문제 5	128P
문제 6	160P
문제 7	168P
문제 8	179P
문제 9	197P
문제 10	222P

정 답

문제 1	문제 2	문제 3	문제 4
over all ability	나	아츠오미	시마자키
문제 5	**문제 6**	**문제 7**	**문제 8**
2주간	홋카이도	호리키타	귀신의 집
문제 9	**문제 10**		
아키야마	사나다 코세이		

250점 미만은 낙제점

250점 밑이면 이 책을 다시 읽어 보세요!

호리키타와 반 아이들이
싸울 상대는 아야노코지?!
A반을
둘러싼
마지막
1년이
시작된다
Next chapter
3rd year
반을 옮긴
아야노코지의 책략이란?

어서 오세요 실력지상주의 교실에 2학년 편

권말 특전

『모의 데이트』
『그 무렵부터──』

키누가사 쇼고

○모의 데이트

이것은 2학년 무인도 시험이 시작되기 조금 전의 이야기.

나 카루이자와 케이는 학교를 마치고 케야키 몰을 찾았다.

방과 후 케야키 몰은 학생들로 붐볐다.

친구와 놀러 온 아이들 이외에도 쇼핑하거나 미용실에 가기 위해서 등 이용 방법은 각양각색.

또는…… 연인과 데이트하러 온다거나.

좌우지간 학교 밖으로 나갈 수 없는 만큼 케야키 몰은 꼭 있어야 하는 존재다.

참고로 평소의 나라면 친구와 놀러 올 때가 많다.

하지만── 오늘은 혼자 왔다.

딱히 사고 싶은 것이 있어서는 아니다.

그냥 일종의 실험을 살짝 해보고 싶었을 뿐.

"후우, 왠지 긴장된다."

혼잣말을 중얼거리면서 북쪽 입구를 통해 몰 안으로 들어갔다.

이미 학교 수업이 끝난 지 1시간 가까이 지났기 때문에 학생들이 꽤 많았다.

"그래, 그래, 이 정도면 아마 괜찮을 거야."

주위를 둘러보니 사람이 많아 안심하고 걸었다.

일단 예정대로 잡화점에 갔다.

잡화점 자체는 좁은데, 여자애 네 명 정도가 안에서 이 것저것 구경하며 즐거워하고 있는 모습.

자, 그럼.

나는 스마트폰을 손에 쥐고 가게 안을 어슬렁거리기로 했다.

그리고 얼마 후, 스마트폰 메시지가 들어왔다. 준비가 다 끝났다는 신호다.

나는 입꼬리가 올라가려는 것을 간신히 참고, 혼자서 물건들을 대충 구경했다.

매주 신제품이 들어오기 때문에 구경해도 질리지 않는다. 특히 스마트폰에 다는 귀여운 액세서리류를 좋아한다.

다만 너무 많이 사서 요즘에는 스마트폰보다도 스트랩이 더 무거워졌기 때문에 오늘은 참는다.

참자…… 참자…… 못 참을 것 같아!

"이거 귀여워~."

새로 입고된 스트랩이 너무너무 귀엽잖아.

작은 리본이 달린 아기 고양이 일러스트.

스마트폰으로 마음에 든 상품을 사진 찍어 전송한다. 그런 후 혼잣말을 중얼거리면서 느긋하게 가게를 돌아다닌다.

『이런 걸 좋아해?』

돌아온 메시지에 미소를 흘리면서 『의외야?』하고 보내자 『조금』하는 답장이 왔다.

『남자친구한테 이런 거 선물 받으면 심쿵할지도♡』

이렇게 보내려다가 부끄러워서 지웠다.

아무래도 오늘의 시도에, 그렇게까지 할 용기는 나지 않는다.

이번에는 상대 쪽에서 사진 한 장을 보내와 두근대는 마음으로 열어보았는데…….

『이런 거 좋아할 줄 알았는데』

해골이랑 십자가 그림이 있는 스트랩 사진.

『아니, 말이 돼? 센스가 너무 없네. 그런 거 달고 다니는 건 남자 중학생뿐이라구』

그렇게 이번에는 살짝 장난스러운 답장을 보냈다.

달콤한 대화만 나누는 게 아닌 것도 중요하다.

이쯤 해서 오늘의 목적을 알려줄까.

사실은 또 한 사람, 나와는 다른 루트로 혼자 가게를 빙빙 돌아다니는 사람이 있다.

더는 설명할 필요도 없겠지만…… 내 남자친구 아야노코지 키요타카. 너무너무 멋있고 머리도 좋고 운동 신경도 뛰어나다.

그냥 뭐, 만화에서 튀어나온 것만 같은…….

"너무 띄워줬나……."

내가 말하고도 다시 정정한다.

인간관계는 빈말이라도 좋다고 말할 수 없고 말이야.

엣헴, 아무튼 이건 시험 삼아 해보는 데이트 방식이다.

따로 약속 장소에 나와서, 개별적으로 움직이면서 가게를 돌아다닌다.

누가 들으면 분명, 그게 뭐야? 하겠지. 하지만 이건 사귀는 걸 비밀로 하는 동안 데이트를 어떻게 즐길지 시도해 보는 거니까.

뭐…… 그냥 키요타카와 사귄다는 사실을 공개하라고 따지고 싶겠지만, 아직은 아니야.

『이제 어떻게 할래?』

『조금만 더 구경해도 돼?』

그런 대화를 주고받은 후 나는 가게를 두리번거렸다.

응, 아무에게도 들키지 않았어.

그야 그렇겠지. 우리는 어디까지나 각각 따로 가게에 들어와 서로 다른 물건을 보고 있으니까.

물론 가까이에 있어 주는 기쁨을 느끼면 동시에 역시 직접 얼굴 보고 말하고 싶어지지만.

말로, 눈으로 그리고 손과 손으로 서로에게 닿는 것. 그것이야말로 데이트의 묘미니까.

그 후에는 잡화점을 빠져나와 마트라든지 책방이라든지 장소를 바꾸고 물건을 바꿔가며 시간을 보냈다.

즐겁지만 쓸쓸한 느낌이 들고 마는 데이트.

시도가 실패였다고는 생각하지 않지만, 복잡한 기분…….

역시 하루라도 빨리 키요타카와 당당하게 데이트하고 싶다. 그렇게 다시금 생각하는 나였다.

그리고——.

그날 밤 7시 반쯤.

방에서 텔레비전을 보던 나는 노크 소리에 상반신을 일으켰다.

"음?"

초인종이 아니라 가벼운 노크.

누구지, 그렇게 생각했지만 목소리도 나오지 않았다.

조금 수상하게 여기면서 현관문을 열었는데…….

핑크색 무늬가 들어간 작은 종이봉투 하나가 복도 바닥에 놓여 있었다. 좌우를 둘러보았지만 아무도 없었다.

이상해하면서 주워 들고 다시 방 안으로 들어왔다.

나한테, 준 것 맞지?

열기 전에 봉투를 만져 보았다.

"음, 이거 혹시……."

짐작 가는 구석이 있어서 안을 열어보니…….

작은 리본이 달린 아기 고양이 스트랩.

그걸 본 나는 무심코 웃고 말았다.

"진짜 이런 부분은 단순하다니까."

이런 걸로 인기 있다고 생각한다면 큰 오산이라구.

스마트폰에 잔뜩 달린 스트랩을 전부 떼고 그 아기 고양이 스트랩만 단 뒤 미소 지었다.

"아직 이런 걸로는, 만족 안 할 거거든."

나는 오늘 하루, 이 스트랩을 보면서 지냈다.

○그 무렵부터──

생존과 탈락의 특별시험이 끝나고 처음 맞은 휴일.

나는 아무도 말을 걸지 않는 가운데 헬스장에 도착했다.

혼자서 한동안 운동하며 땀을 빼고 휴게실로 향했다.

숨을 고를 겸 의자에 앉아 있다가, 문득 어떤 생각이 떠올라 스마트폰을 꺼냈다.

그리고 단어 하나를 검색했다.

"……그렇군."

나온 기사를 보니 받아들일 수밖에 없었다.

그 후 기사 속 사진을 보며 혼자 감탄하고 있는데──.

"좋은 아침이야, 아야노코지."

"안녕."

휴게실에 모습을 드러낸 것은 이치노세와 아미쿠라. 운동하러 온 모양이었다.

"아, 사진 귀엽네. 레서판다 맞지?"

내 스마트폰 화면이 보였는지 아미쿠라가 웃으면서 물었다.

"맞아. 잠깐 알아보고 있었어."

슬쩍 얼버무리듯 그렇게 대답하고 화면을 껐는데, 이치노세는 짐작 가는 구석이 있는 듯했다.

"혹시 시험 문제랑 상관있는 거야? 아야노코지, 틀렸었

잖아.”

불과 얼마 전에 친 특별시험이다.

다른 반이라고 해도 그 사건이 인상적이었다면 잊어버렸을 리도 없다.

“그러고 보니 타피오카 문제도 틀렸고, 의외로 세상이 어떻게 돌아가는지 잘 모른다거나?”

이치노세의 말을 듣고 아미쿠라도 이해했다는 듯 그렇게 말했다.

“부정은 못 하겠다. 평소에 텔레비전을 거의 안 봐서 그렇겠지.”

그렇게 가장 무난한 변명을 해두었지만, 두 사람은 쓴웃음만 지을 뿐이었다.

“솔직히 텔레비전을 즐겨보지 않는 게 그런 식으로 불리하게 돌아올 줄은 몰랐다.”

“그런 문제인가? 하지만 인터넷에서도 꽤 화제가 되지 않았어?”

텔레비전을 보지 않는다는 이유만으로는 설득력이 부족한지, 아미쿠라가 그렇게 의문을 드러냈다.

“의외의 약점 발견이네.”

내가 당황하자 피식 웃은 이치노세.

그 직후 우리 세 명이 있는 곳에 헬스장 직원 아키야마가 모습을 드러내더니 이치노세에게 말을 걸었다.

쓴 서류에 뭔가 부족한 부분이 있는 모양인지, 다시 써달라고 부탁해서 함께 카운터 쪽으로 가버렸다.

바로 돌아오겠지만, 일시적으로 나와 아미쿠라만 남았다.

내가 가는 것도 느낌이 이상했기에 아미쿠라가 알아서 가거나, 아니면 이치노세가 돌아올 때까지 기다리기로 했다.

같이 헬스장에 온 것도 있어서 아미쿠라 역시 이치노세가 돌아올 때까지 기다릴 작정이었겠지.

내가 있는 의자에서 한 칸 띄우고 앉았다.

"많이 변했어, 호나미짱. 불과 몇 달 전까지만 해도 상상할 수 없다고 할까……."

"그래?"

하긴 최근 들어서 이치노세는 지금까지 보여주지 않았던 얼굴을 보여주게 되었다.

하지만 몇 달이라고 표현하는 것은 너무 과장된 면이 있다.

그것도 무리는 아니라, 아미쿠라가 말하는 이치노세의 변화는 이번 일에 관한 게 아니었다.

"2학년 무인도 시험이 끝나고 2학기가 시작된 직후였나."

다시 떠올렸는지, 아미쿠라는 뭔가 재미있다는 듯 웃으면서 운을 뗐다.

"그땐 호나미짱이 불안정했달까, 어딘지 마음이 콩밭에 가 있을 때가 많은 시기였었지."

"무인도 시험인가."

그 말을 듣고 나도 아미쿠라의 이야기에 동참했다.

그 무렵에는 예기치 못했던 이치노세의 고백을 받고, 케이의 일을 전했던 시기다.

이치노세의 감정을 생각하면 주위에서 불안정하게 느꼈어도 무리가 아니다.

"마침 그때 반에서 어떤 사건이 살짝 일어났었는데……아, 이 이야기를 아야노코지한테 하는 거, 호나미짱한테는 비밀이야?"

고자질할 생각은 없지만, 책임감이 좀 생길 이야기가 될 것 같다.

"악의는 없었겠지만, 호나미짱이 아야노코지를 좋아하는 게 아닌가 하는 소문을 반 남자애들이 떠드는 걸 우연히 본인이 들어 버린 일이 있었거든. 뭐, 발단은 호나미짱이 잘못 보낸 메시지가 원인이었지만……."

애플리케이션은 간편하게 쓸 수 있는 만큼 버튼 하나만 누르면 메시지가 전송된다.

그래서 탭 실수 등 본래 보낼 사람이 아닌 다른 인물에게 잘못 보내고 마는 일이 심심찮게 발생한다. 취소 기능이 있다고 해도, 시간 차로 보이고 마는 경우가 왕왕 있다.

무인도 시험 때부터 얼마 동안 이치노세는 정신적으로도 불안정한 시기가 이어졌었다.

사소한 실소를 했어도 놀랍지는 않은데.

"내가 그 메시지를 직접 본 건 아니지만, 한 번 차분하게 대화하고 싶다, 만나서 이야기할 수 없을까, 같은 느낌이었던 것 같아. 그것만 딱 잘라서 보면 의미심장하잖아?"

“뭐, 그렇지. 이치노세가 잘못 보낸 상대가 같은 반 남자애라는 거야?”

“다른 반. 다만 메시지를 잘못 보낸 그 인물이 문제였어. 누구냐 하면 이시자키였거든. 쉬는 시간에 우리 반에 아무렇지 않은 얼굴로 찾아와선『이 메시지, 무슨 의미야?』하고 화면을 보여주면서 대놓고 물어본 거지.”

아무래도 그렇게 해서 소동이 일어난 모양이다. 잘못 보낸 상대가 이시자키였기 때문에 메시지를 깊은 의미로 받아들이지 않아서 다행이었다는 것, 그가 아무 생각도 없었기에 태연한 얼굴로 당사자를 찾아와 메시지를 확인해버리는 바람에 곤란했던 것, 둘 다 있었을 것이다.

그래도 이시자키와 가볍게 메시지를 주고받을 수 있는 사이라는 것은 과연 이치노세답다.

“호나미짱은 당황했지만, 잘못 보낸 거라고 재빨리 정정했거든. 이시자키는 바로 납득하고 자기 반으로 돌아갔는데, 문제는 그다음부터였어. 잘못 보냈다는 건, 그럼 누군가에게는 의미심장한 메시지를 보낼 예정이었다는 말이니까.”

그래서 반 남자애들 사이에 소문이 퍼지게 됐다는 건가.

“하지만 왜 그게 나랑 연결되는 거야?”

“보면 알잖아?”

무슨 영문인지 강렬한 미소를 지어 보였다.

“라는 말은 눈치 빠른 사람에 한정되지만……. 남자들이 일제히 시끄럽게 군 건 다른 이유가 있어서가 아닐까? 내

예상이긴 한데, 아야노코지의『아』에 이시자키의『이』. 연락처는 아이우에오 순서로 나열되니까, 거기서 감 잡은 게 아닌지. 말고도 비슷한 이름은 있지만, 호나미짱도 뭔가 아야노코지랑 같이 있곤 했으니까."

지금까지 차곡차곡 쌓인 것과 이시자키에게 잘못 보낸 메시지를 통해 그런 억측이 탄생했다고.

"늘 밝고 차분한 호나미짱이지만, 막상 자기 일이 되면 동요하는 면도 꽤 있달까. 그땐 그럴싸한 변명이 바로 떠오르지 않았는지 얼굴이 새파랗게 질리면서 고개를 푹 숙이더라고."

그게 또 일이 꼬이게 만드는 전개였던 듯하다.

그날의 정경이 어쩐지 눈에 선하다.

진실은 말할 수 없다.

그렇다고 적당한 누군가에게 떠넘길 수도 없다.

이미 잘못 보냈다고 말한 이상 없던 일로 할 수도 없다.

혼자 헤맸겠지만 막다른 골목처럼 느껴진다.

"현장을 지켜본 우리로서는 그런 호나미짱의 모습이 정말 낯설었어."

기본적으로 이치노세는 우수한 사람이다.

웬만한 일은 잘 극복하고 수습하는 능력을 갖췄다.

하지만 아미쿠라의 말처럼 그때는 불안정했던 시기.

"얼마간 지켜봤는데, 점점 분위기가 무거워져서 말이야. 아야노코지라고는 생각하지 않는 남자애들도 누군가에게

고백하려는 것 아닌가? 하고 생각하기 시작한 것 같아서.”

아무리 시간이 지나도 혼자 힘으로는 해결할 수 없어서 그저 침묵함으로써 사태가 점점 악화되었다고 한다.

“그 궁지에서 어떻게 빠져나왔어?”

이치노세가 거기서 기사회생할 방법을 생각해냈다고 상상하는 것은 쉽지 않은 일이다.

“나도 그렇지만 여자애들은 호나미짱이 누구한테 보내려고 했는지 대충 알고 있었으니까. 어떻게 도울지 몰래 상의해서 움직였던 거지.”

그렇게 잘 연대해서 빠져나왔다는 듯하다.

이치노세에게 연애 상담을 했던 여학생이 있는데 그 여자애를 위한 답장을 같이 고민하던 중이었다.

그 대화를 나누다가 잘못 보낸 거라고.

침묵했던 이유는 그 애와 연결될 가능성을 고려했기 때문이라고.

프라이버시를 지켜주려던 결과였다고.

여러 사람의 증언이기도 해서 남자 대부분은 그런 거였냐면서 바로 오해를 풀었다.

“받아들일 수밖에 없잖아?”

“그러네.”

여자들이 감싸주고 있는 게 다 드러나는 어설픈 연기였다면 모르겠지만, 말투로 봐도 잘했으리라.

“아야노코지가 평소의 호나미짱으로 되돌려 준 거야?”

“난 딱히 아무것도 하지 않았어. 그냥 이치노세가 자기 힘으로 다시 일어선 거지.”

“그렇구나……. 그래도, 고마워.”

“아무것도 하지 않은 사람한테 고맙다고 말하는 거야?”

“그냥 겸손하게 구는 게 아닌지, 마음대로 그렇게 생각해서. 그러니까 고맙다고.”

내가 인정하든 말든, 사실인지 아닌지와는 상관없는 모양이다.

“그런데 왜 그런 이야기를 나한테 하는 거야? 도와준 사람이라고 생각해서?”

“아니, 그건 또 다른 얘기야.”

아미쿠라는 시종일관 평온한 모습이긴 했지만, 표정이 조금 굳어졌다.

“보면 알겠지만, 호나미짱은 지금도 아야노코지를 아주 특별하게 생각하고 있어. 이 학교에서 유일하게, 호나미짱에게 강하게 영향을 미칠 수 있는 사람이라고 생각하거든.”

괜히 친구로 이치노세의 옆에 있는 게 아니군.

그 본질, 이치노세 호나미를 아주 잘 이해하고 있다.

“내가 이런 말을 하는 건…… 아야노코지가, 호나미짱을 슬프게 하거나 상처 주지 않길 바라니까.”

조금 말하기 어렵다는 듯, 그렇지만 또박또박 확실하게 말했다.

“의도적으로 상처 줄 생각은 없지만 꽤 어려운 주문이네.”

그렇지, 하고 아미쿠라도 부정하지 않았다.

"물론 아야노코지의 입장은 잘 알아. 그, 사귀고 말고 그런 말이 아니라. 불필요하게 상처 주지 말라는 거지."

그렇게 대답한 아미쿠라는 씁쓸한 미소를 지으며 중얼거렸다.

"힘들겠지, 호나미짱도. 여자친구 있는 남자애를 좋아해 버렸으니."

"대놓고 말하네."

"아야노코지에 대해서도 대충 아니까. 새삼 동요하고 그런 건 아니지?"

"그럴지도."

굳이 오늘이 아니라도 아미쿠라는 조만간 나에게 이런 이야기를 하려고 생각했겠지.

같은 헬스장 회원이면 늦든 빠르든 우연히 둘만 있을 시간이 생길 터.

"하고 싶은 말이 뭔지는 알겠어. 잘 생각해 볼게."

확실한 말은 할 수 없으니 이 표현으로 만족해 주면 좋겠다.

"미안, 제삼자인 내가 할 말이 아닌데 말이야."

그건 아미쿠라도 잘 알고 있었기에 강하게 밀어붙이지는 않는 것이다.

"친구로서 가만히 두고 볼 수 없었겠지. 나쁜 게 아니야."

그렇게 이해했음을 표시했을 때 이치노세가 돌아왔다.

"두 사람, 오래 기다렸지?"

"아니, 전혀."

당사자가 들으면 불편하고 내밀한 이야기였기도 해서 아미쿠라는 순간 당황했다.

돌아온 이치노세는 표정이야 똑같았지만, 그 커다란 눈동자로 뭔가를 알아차렸어도 이상하지는 않다.

하지만 무슨 이야기 했어? 라고 묻지 않았다.

이건 추측에 불과하지만, 이치노세는 아미쿠라가 괜히 거짓말하게 만들고 싶지 않았던 것이 아닐까.

"그럼 난 슬슬 돌아갈게. 둘 다 다음에 보자."

이치노세와 아미쿠라에게 그렇게 말한 나는 헬스장을 빠져나왔다.

계획에 없던, 이치노세 반에서 일어난 이벤트를 들은 나였는데 밖으로 나가자마자 바로 한 통의 메시지를 받았다.

『마코짱이랑 또 비밀 얘기를 한 거야? 나에 관한?』

아미쿠라에게 나쁜 쪽으로 영향을 주지 않으려고 나한테만 확인하는 건가.

게다가 자기 이야기였다는 것까지 다 꿰뚫어 본 눈치다.

어떤 내용인지 궁금하겠지만, 아미쿠라와 한 약속이 있으니 가르쳐 줄 수도 없다.

『좋은 친구를 뒀더라』

그래서 그렇게 답장을 보내기로 했다.

걱정할 만한 내용은 절대 아니었다는 게 전해질 테고,

아미쿠라의 평판이 떨어지지도 않겠지.

좋은 친구를 뒀다는 답장을 받은 이치노세로부터, '최고 해피'라고 된 일러스트 스탬프가 돌아왔다.

"무인도 시험 때에 비해 확실히 많이 변했네."

다시 일어서기만 한 것이 아니라 성장하고 있다.

그리고 그 변화를, 아미쿠라와 같은 측근들은 눈치채고 있다.

"이치노세 호나미인가."

다 끝낸 줄 알았던 분석에 새로운 발견을 가져다주는 귀중한 존재다.

YOUKOSO JITSURYOKUSHIJOUSHUGI NO KYOUSHITSU E
2NENSEIHEN KOUSHIKI GUIDEBOOK SECOND LIST
©Syougo Kinugasa 2025
First published in Japan in 2025 by KADOKAWA CORPORATION, Tokyo.
Korean translation rights arranged with KADOKAWA CORPORATION, Tokyo.

어서 오세요 실력지상주의 교실에 2학년 편 공식 가이드북 Second List

2025년 10월 15일 1판 1쇄 발행

저　　　자 키누가사 쇼고
일 러 스 트 토모세슌사쿠
옮 긴 이 조민정
발 행 인 유재옥
이　　　사 조병권
편 집 2 팀 정영길 박치우 조찬희
편 집 3 팀 오준영 권진영 이소의 정지원
디 자 인 랩 팀 김보라 전세연
디지털사업팀 김지연 윤희진 장혜원
라이츠사업팀 김정미 유아현 이지현
영업마케팅팀 최원석 윤아림
물 류 팀 백철기
경 영 지 원 팀 최정연
인쇄제작처 ㈜코리아피엔피
발 행 처 ㈜소미미디어
등　　　록 제2015-000008호
주　　　소 서울시 마포구 토정로222, 502호 (신수동, 한국출판콘텐츠센터)
판매 및 마케팅 (070) 8822-2301

ISBN 979-11-384-8814-3
ISBN 979-11-6611-455-7 (세트)